JN014551

シニカケ日記

花房観音

幻冬舎

いまはむかし
京都で死にかけた女が
おりました

シニカケ日記　もくじ

一の巻　死にかけた篇

二の巻

病院で生きる 篇

三の巻 現実を生きる 篇

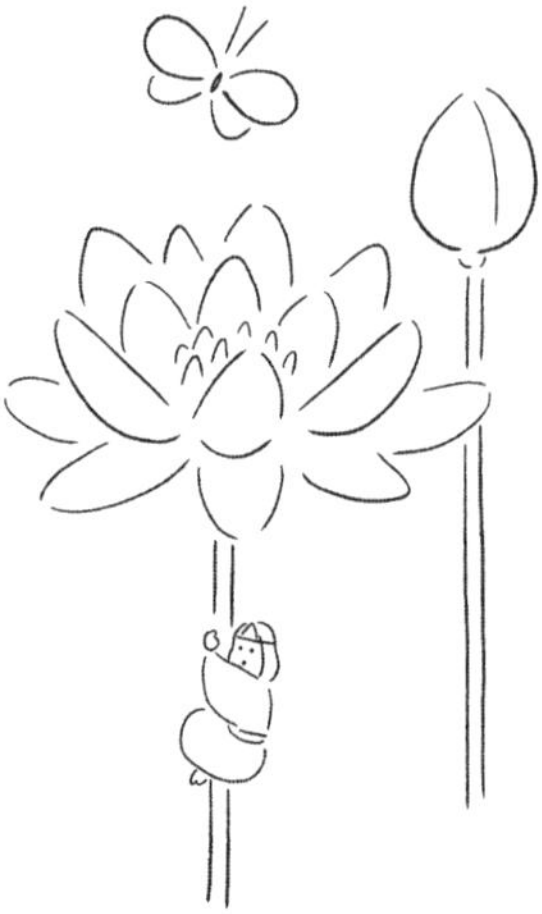

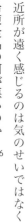

ブックデザイン　芥陽子
イラストレーション　牛久保雅美

はじめに　更年期だと思って不調を放置していたら死にかけた

初体験。

生まれて初めて尽くしだった。

初めての救急車、初めてのＩＣＵ、初めての入院。

出産経験のない自分は、なんとなく入院とは縁がなく年を取っていくんだろうなと、根拠もなく思い込んでいた。たいした自信だ。

今考えると、バカじゃないかと思う。

自分自身の身体に対する根拠のない自信。

思えばこれが、すべての元凶だった。


五十一歳、既婚、子無し、職業・小説家、京都の一軒家（賃貸）で、同じく物書きの夫とふたり暮らし。

『ヘイケイ日記』という本を刊行しているが、まだ閉経しておらず。

いつまで自分は女でいられるんだろうかなんて考えていた私が、女でいるどころか、心臓の一部が動かなくなって死にそうになった顚末に、しばらくお付き合いいただきたい。

二〇二二年五月半ば。

私はひとりで和歌山へ旅していた。

大阪まで出て、「特急くろしお」に乗り、紀伊勝浦へ。そこからバスで、熊野古道の入り口である補陀洛山寺《ふだらくさんじ》を参り、再び紀伊勝浦に戻り、「ホテル浦島」にチェック・イン。このホテルの「忘帰洞《ぼうきどう》」という、洞窟の温泉に以前から入りたかったのだ。

念願である温泉を満喫し、夕食を食べ、早々に眠る。翌朝は送迎の車で紀伊勝浦駅に戻り、バスで那智大社へ向かった。

四年前の夏に、熊野本宮大社、熊野速玉大社をお参りする機会があったが、熊野三山の残りのひとつである熊野那智大社に行きたいと願いつつも、新型コロナウイルスのために動きにくくなって、なかなか来ることができなかった。

バスを降りてから、数百段の階段を上り、那智大社にお参りする。やっと来れたと、感慨深かった。

それにしても、階段がきつかった。

途中、ゼイゼイと息が苦しくなり、何度も休憩していた。

バスガイドという仕事をやっていたこともあり、お寺の階段なんて、以前はパンプスでひょいひょい上がっていたのに。

小説家になり体力がなくなったのと、何より加齢、そして**更年期障害**だと思い込んでいた。あとになって気づいたが、これはまさに翌日倒れる重要な兆候だったのに。

今年に入ってから、「更年期障害」らしき症状がいくつか顕著になり、動悸、息切れ、階段がしんどい、怠《だる》い、むくみ……それらを市販されている漢方薬や更年期の薬などを飲んでごまかしていた。

なんでもかんでも更年期のせいにしていた。

那智大社でお参りをしたあと、ベンチに腰掛けてスマホを眺めると、「ダチョウ倶楽部」の上島竜兵さんが亡くなったというニュースが目に飛び込んで、「え？」と声が出そうになる。

どういうこと？

しかも自宅での縊死《いし》だという。

ＳＮＳには衝撃と悲しみの声が溢れている。

日本中が知る、人気芸人の突然の死。特にファンではなくても、衝撃だ。

身近な人からしたら、想像を絶する喪失感だろう。

なんで？　と、混乱を抱えながら、私は西国三十三所観音巡礼第一番目の札所である青岸渡《せいがんと》寺《じ》、そして那智の滝をお参りする。

那智の滝は、雨だったせいもあり、石の階段を降りるときは転ばないように気をつけて歩いた。帰りは、さきほどの那智大社の参道と同じく、何度も休憩しながら階段を上がった。

更年期って、しんどいなぁ……でも、数年経てば楽になるとも聞くし……なんて考えながら。

そうしてバスに乗り、紀伊勝浦駅近くで昼食を食べたあと、「特急くろしお」で大阪まで帰り、乗り換えて京都の自宅に戻った。

寝る前、足のむくみがすごかったので、着圧ソックスを身に着ける。

よく歩いたからなぁと、考えていた。

実はこのむくみこそが兆候だったのにも関わらず、私はどこまでも能天気だった。

こうして振り返っても、「バカじゃないのか」と、自分に呆《あき》れる。


とはいえ、「病院で検査してもらわないといけない」とは、以前からうっすらと思っていた。

フリーランスになってから、健康診断には行っていない。「病気が見つかったら怖い」という気持ちと、前述のような根拠のない自信があった。

うちの親族は癌で亡くなる人間が多いが、基本的にみんな健康だ。長生きしている親戚もたくさんいる。数年前の祖母の法事には、九十歳を超えた親戚だらけだったし、祖母も病気らしきものはせず九十四歳で大往生した。

今年に入ってから、つまりは五十歳を過ぎてからのときどき訪れる不調を更年期のせいにしつつ、どこか恐れてもいた。

正直、仕事がそんな忙しいわけでもなく、今年に入ってから余裕もあったけれど、本の刊行予定やら出版イベントやらあるしと、結局「病院に行く」のを先延ばしにしていた。たぶん、今回のことがなければ、先延ばしし続けて、さらに悪化させて突然死していただろう。

そういう意味では、**死ぬ前に、倒れてよかったのかな**と、今は思っている。

また、私のように、病院を避けて放置し、取り返しのつかないことになった人も、たくさんいるはずだ。

だからこそ、今回、自分の身に起こった出来事を、こうして書き残しておこうと決めた。

人の死や闘病記は、いつもドラマティックでセンセーショナル。
でも「死」は、もっとふつうで、もっと地味で、ある日突然やってくる。
あなたのところにも。
私のところにも。

一の巻

死にかけた篇

突然倒れた！「おしっこ恥ずかしい」なんて言っている場合か

和歌山の熊野那智大社に行った翌日、私は昼から外に出た。

本の刊行が近いのもあって、翌週に東京、半月後に大阪で出版関係のイベントが控えていた。

近年、新型コロナウイルスの感染者増加のために、こういったイベントも減っていて、特に自分の書籍に関するイベントは、久々だった。

人前に出るために、まつげエクステを予約していた。

もうひとつ、せっかく外に出るのだからと、拙著『ヘイケイ日記』に書いたように、ここのところ私は「シュガーリング脱毛」つまり、シモの毛を処理していたので、その予約もしていた。

まつエクの前に、カフェでランチをした。ミニパスタとミニサンドイッチのセットと、珈琲を飲む。コーヒーカップ可愛い！　と、能天気に写真を撮ってSNSにupしたりもしていた。

まつエクをして、**まつげを百本、増量する**。そして徒歩でシュガーリングの店に移動して、雑談をしつつ毛を抜いてもらい、**あそこをつるんつるん**にした。

実は、このシュガーリングの店にいた頃から、ちょっとしんどかった。呼吸がしにくい。

なんだかおかしいな……でも時間が経ったら治まるだろうとは思っていた。

二ヶ月前から、同じようなことが何度かあった。息がしにくく、意識が朦朧《もうろう》とすることが。「更年期障害、本格的になってきたな」と思って、市販の更年期障害の症状を和らげる薬を購入し、持ち歩きもしていた。

今思うと、「**いや、お前、それどころじゃないだろ！　病院行けよ！**」である。

そしてなんとかお店を出たが、店が入っているマンションの階段の踊り場で、動けなくなった。必死で息を整える。この時点でも、「しばらくしたら治まるだろう。とにかく家に帰ろう」と、歩いてバス停へ向かう。

バスはすぐに来て、乗り込む。立っていられないぐらいしんどくて、後方のふたり席に腰を下ろすが、これはもう我慢してどうなるもんじゃない状況だということに気づく。でも、今、バス車内で誰かに助けを求めたら、バスを停めてしまうことになり、急いでいる人に迷惑がかかってしまう。

家に着くまで耐えきれないと、次の次のバス停で降りた。ロクに呼吸もできないのに、ちゃんとICカードで支払いをする。

繁華街のバス停なので、人も多く、客を整理する係の男性もいた。

私は持っていた傘を杖にしてベンチに座り込む。

「大丈夫ですか」と、女の人が声をかけてくれたが、返事ができない。

私の様子を見て、おかしいと思ったのか、乗車する客を整理する係の男性が「救急車呼びましょうか」と言ってくれて、深く頷《うなず》く。

自分で救急車なんて呼べる状態じゃなかった。

それに「一一九」という番号すら、頭に浮かばない。

男性が救急車を呼んでる声が、うっすらと聞こえる。最初に声をかけてくれた女性が、心配そうな顔で見守ってくれているのがわかる。

人が多い場所だからこうして親切な人たちがいてよかったけど、もしも人気のない場所だったらと考えると、ゾッとする。

おそらく、十分ぐらいで救急車がやってきた。

最初に声をかけてくれた女性は、バス待ちであったようだが、そばにいて「救急車来ますから」と励ましてくれた。名前を聞くどころじゃなかったけど、本当にあの女性には助けられた。

救急車が着いて、救急隊員さんたちの手により、私は車内に入れられた。搬送先を電話で探しているのがわかる。決まるまで、そんなに時間がかからなかったはずだ。再びサイレンを鳴らして、救急車が動き出した。

あとで考えると、もしもっと新型コロナウイルスの感染者が多くて医療を圧迫している状況のときだったら……死んでたかもしれない。

緊急事態宣言が出て、感染者の数がすさまじかった時期に東京に行くと、救急車が路肩に停まっていて、数十分後にまた同じ道を通ると停まったままという光景を何度か目にした。あの頃は、救急車も足りず、病院もベッドがなく、医療機関が切羽詰まっていた。

そんな状態だったらと考えると、血の気がひく。

実際に、それで亡くなった人もいるだろう。

よく耳にする**「酔っぱらいがタクシー代わりに救急車を呼ぶ」というのも、絶対にやめて欲しい**と思った。救急隊員の仕事を増やすだけだし、生きられるはずの命を失うかもしれないのだと、身をもってわかった。

救急車の中で、私は苦しくてじっとしてられなくて救急隊員の人にしがみついていた記憶がある。

息ができず、意識が朦朧とする。

そしてたぶん……このとき、私は失禁していた。ジョーッと大量にではないが、絞り出すように液体が少し溢れた感触がある。

スカートも下着も濡れているだろうけど、「若い男性の前で、恥ずかしい！」なんて思うどころではなかった。

「なんかしんどいなぁ」

言うてる場合ちがいますよ。

今すぐ病院行ったほうがいいですよ。

救急車爆走中。「夫の携帯番号」覚えてますか?

救急車が発進して、サイレンが鳴っている。

「大丈夫だから」と救急隊員が励ましてくれる。

身体はつらいが、「ドラマや映画で見る光景だ」なんて冷静になっている自分もいた。

初めての救急車、**一生、乗ることはないと思っていた救急車**。

そう時間はかかることなく、病院に着いた様子だった。この辺は、意識が朦朧としていたから記憶も曖昧なのだけれど。

身体を横たえたまま、通路を移動する感覚がある。

やたらと人が多く、動き回っている部屋にベッドで運び込まれた。あとで知ったが、救命救急センターだ。私の周りにも複数人がいる。この時点で、名前を聞かれたような気がするが、はっきりしない。

「痛いかもしれないけど、我慢して」

そう言って、鼻の穴に何か突っ込まれた。

これはもしかして……そう、ＰＣＲ検査だ。

検査を終えたあと、最近、コロナで陽性になったか、身近で感染者はいるか問われ、「ないです」と答える。

あとで聞いたのだが、私は陰性だったが、もしも陽性なら、また別の部屋に運ばれていたらしい。

コロナのせいで、作業や手間が増えて大変だ。


「ご家族の方に連絡しますが、電話番号わかりますか？」と、問われた。

私は夫とふたり暮らしなのだが……夫の携帯番号を覚えていない！　いつもスマホからかけるし、そもそもメールばかりで通話をすることもほとんどない。

わかりませんと答え、スマホの場所を聞かれたので、鞄の中と答える。

暗証番号を答え、夫の名前も聞かれたので、伝えると、しばらくして、「旦那さん、電話がつながりません」と言われた。

家にいるはずだが、たぶん寝ている。おそらく一階の仕事部屋にスマホを置いて、二階で熟睡しているはずだ。

「親御さん、ご実家の番号は？」と聞かれて、「親はちょっと」と口にしてしまった。親にこの状況を知られたら、心配だ心配だと喚《わめ》くのがめんどくさいと、気が重い。そこそこ高齢の親のほうが体調を崩してしまいそうだ。とはいえ、そういうわけにもいかないようで、「旦那さんが連絡つかないから」と、しょうがなく実家の電話番号を告げる。実家の番号だけは覚えていた。

電話を受け仰天した親は「今から行く」と言っていると言われ、「**来るな！**」**と叫びそうになる**。どっちみちコロナ禍で面会はできないので、と医者が伝えてくれた。

夫はやはり何度電話しても、連絡がつかないようだ。

「ちょっとメールしてみます」と、私ははぁはぁ言いながら、スマホを受け取り「病院いる。着信あるから連絡して」とだけメッセージを送った。


こう書くと、メールも会話もできるぐらい元気そうだが、この前後、意識を失いかけてもいた。

あ、死ぬかも、と思った。

死ぬってこんな感じで、シャットダウンされるんだ。

あるとき、いきなりシャットダウンして、その先には、きっと何もない。

地獄も極楽も見えなかった。

ただ、目の前にあるのは真っ暗な世界だけ。

意外だったのは、自分が思ったよりも未練がなかったことだ。

本も五十冊出したしー、恋愛も何回かしたしー、幸せで楽しいことも経験したしー。

まあ、いいか。

しゃあない。

だけど、何か言い残すとしたら、「**葬式はいらん**」か。

以前から、それは思っていたことだ。

結婚式や披露宴もしなかったぐらい、私は自分が主役になり、それで他人の時間と手間を食う儀式が嫌いだ。人がやるのはかまわないけど、自分が死ぬときは葬式はしたくないと。

ちゃんとそういうのも、書き残しておけばよかったな……と思った。

葬式も墓もいりません、と。

あとになって考えたのは、私が「死は無、先には何もない」と思ったのは、私に特定の宗教の信仰心がないからかもしれない。

好きでお寺には行くし、哲学としての宗教は面白いし興味はあるけれど、信仰はしていない。

もしも私がキリスト教徒ならば、「死」の先に、天国を見ていたかもしれないし、仏教徒ならば、極楽か地獄を見つけていたかも。

ただ、自分は極楽に行くことはないだろうとは思っている。

死ねば地獄行き。

でも生きていても地獄。

私自身は生きることに執着の強い人間だと思っていたが、いざ、こういう状況になると意外とそうでもなかった。

これはたぶん、子どもがいないからだ。

自分に子どもがいたら、全く違うことを思うだろう。

子どもの未来が心配で心配で、諦めることなんてできないし、悔しくて悲しいはずだ。

自分が死んだら悲しむ人たちはいるかもしれないけれど、まあ人はいつか死ぬんだし、しょうがないじゃないか、なんて、冷静にはなれないはずだ。

「死ぬんだ」という感覚。

目の前に「死」がある感覚。

実のところ、体感して初めてわかった気がしている。

今までも「人間はいつか死ぬ。突然死ぬかもしれない」とは、理解していたはずだけど、「感覚」としては全く違うものだった。

命が突然、シャットダウンして、消えて、闇しかない。

結局、私は死ぬことはなかったし、これを書いてる今は、なんとなく普通に暮らしてはいるけれど、あの感覚だけは未だに貼り付いていて、ふと恐怖に襲われることがある。

人は、いきなり死ぬのだ。
それが初めて、わかった。

人はいつだってどこだって
いきなり、死ぬ。
ひとりでいても、誰かといても。

ICUに運ばれた！　死なずにすんだ！けれど――

酸素マスクを装着され、横たわっていた。
着ていた服を脱がされ、紐を結んで着る手術着のようなものに着替えさせられる。
下着を脱がされた瞬間、「あ」と、気づいた。
私、今、パイパン……下の毛がない状態だ、と。
だって今日、シュガーリング脱毛してきたばかりだもの！

「このおばさん、なんで下の毛綺麗に処理しててんねん」て思われちゃうなと、少し恥ずかしかったが、実際は医療従事者でそんなこと気にする人たちはいないだろう。

私は紙おむつを装着された……これも初めての経験だ。

なんだかゴワゴワして気持ち悪い。**赤ちゃんて、こんなもんつけてるのか**。

そして冷や汗がすごかったので、衣類も濡れているだろうなと思うと、申し訳なくも思った。

救急車の中で、少し失禁したが、救命救急センターでも、その感覚はあった。ついでに、吐いた。でも、胃の中のものは何も出なかった。

酸素マスクをした状態でしばらくすると、少し楽になった気がして、「死なずに済んだかも」と考えていた。

「心不全です。一週間か二週間、入院になります」と医者に告げられた。

え？　心不全？

あの芸能人とかの死因によく使われるやつ？

もしかして大ごと？

いや、大ごとなんだけど。

そして一週間か二週間の入院と告げられて、まず思ったことは、翌週に控えているイベントのことだ。東京でのイベントだったので、ついでに複数の編集者と打ち合わせの約束をしたり、新刊のサイン本を作る予定もあった。

あー、申し訳ない……連絡しないといけない……。

頭をめぐらすが、幸い、急ぎの締め切りはなかったが、毎週連載しているメールマガジンのコラムは休まなければならない。

あちこち連絡しないといけないなぁと考えていた。


「ICU行きます」

医者は私にそう告げた。

え？　ICU？　集中治療室？

数年前に、友人が酒浸りになり、周囲のすすめで医者に行き、ICUに入ったと聞いたときは、「そこまで悪かったの？」と驚愕した記憶がある。

そのICUに私も入るの？

やっぱり、これ、大ごと？

と、さっき、「死ぬかも」とか考えていたくせに、私はICU初体験に衝撃を受けていた。

ICUは広い部屋だったが、カーテンで仕切りがある。あとで看護師さんに聞くと、コロナ陽性患者の部屋は、こんなカーテンではなく、もっとかっちりした仕切りで完全防御されてるとのことだった。

私は酸素マスク、点滴、心電図計を装着し、尿道カテーテルでもつながれていた。指には酸素飽和度を測定するものが貼られていて、数値が低くなると、ぴっぴと音がする。全身、管だらけの、どこからどう見ても立派な病人だ。

えらいことになった……と思いつつも、仕事関係者に早く連絡をせねば、と焦る。

そして医師から、「旦那さん、連絡がとれました」と告げられる。

驚いているとは思うけど、お互い、若くない者同士、そこは覚悟してもらうしかない。

また看護師さんが来て、「うちね、今、コロナでお見舞いは一切禁止されてるんです。だから旦那さんと会えないけど……」と、申し訳なさそうに言ってきた。

いや、そりゃ当然でしょう、と思って、「はい」と答える。

そんな申し訳なさそうにしなくてもと不思議に思ったが、きっとあちらからしたら「夫に会いたい！」と、私が泣いたりするんじゃないかと懸念していたのかもしれない。

一週間か二週間て言われてるし、スマホあるから連絡もとれるだろうし……と、私は冷静だった。


「コロナで面会禁止」というのは、非常に助かった。年取った両親に兵庫県から車で京都に来られるのも危ないし、「心配だ」と泣かれると、病状が悪化しそうだ。夫の仕事に支障をきたしたくないし、会えないという制約があるのは、正直よかった。ひとに迷惑や負担をかけるのは、最低限にとどめたい。

ただ、「家族と会えないのは耐えられない、寂しい」という人からしたら、きついんだろうなぁとも思う。実際にそれが理由で転院した人もいると聞いた。

あとで夫に聞くと、彼は彼で「医者がいるし、俺が会っても何もできないからしょうがない」と思っていたようだ。

そしてまた、私は、自分は子どもがいないから、こうして「面会禁止のほうが助かる」なんて考えられるのだとも、改めて思った。

たとえば、うちの妹のひとりは四人の子持ちで、一番下はまだ幼い。もし、私じゃなくて妹だったらと考えると、ゾッとする。妹も妹の子も可哀そうで考えるだけでも苦しい。

市川團十郎の妻の小林麻央が亡くなったとき、姉の小林麻耶が、「私が妹の代わりに」とブログに綴り、そんなこと書くなと叩かれてもいたが、あの気持ちは痛いほどわかる。

今回の入院も、**妹じゃなく私でよかった。**

死なずに済んだ。
死にかけたのが
私でよかった、
と思えたから幸せだと思う。

さて、下界への報告、どうしよう。お節介なひとを黙らす方法

ＩＣＵに入ってから、酸素マスクのおかげで、身体はだいぶ楽になった。脳はもともと元気なので、いろいろ考えている。

生まれて初めての救急車、入院、そしてＩＣＵ。

この状況を観察して、「取材」だと思うことにした。いつか小説やエッセイに役立てるために。そうでないと、やっとられへん。せっかくの経験なんだから。

主治医が来て、「高血圧と、初期の二型糖尿病です」と告げられた。

血圧が高いのは、うっすら感じていたが、糖尿病まで発症していたのかと、ショックを受けた。いや、じゅうぶん可能性はあったはずだが、考えないようにしていただけだ。糖尿病の合併症が恐ろしいのは、なんとなく知っている。失明したり、手足の一部を切断したり、神経障害を発症したり……そんなことを考えると、一瞬、目の前が真っ暗になった。

死なずに済みはしたけれど、これから生きていくの大変じゃないか……。

でも、すべて自分が不調を放置していた結果だから、誰のせいにもできない。

通話は駄目だけど、メールならOKと言われたので、全身管だらけの状態で、スマホで仕事関係者に連絡をしまくる。まずは翌週に東京でやるはずだったイベントの関係者、そして出演予定だったラジオ、会う約束をしていた編集者たちに、弾丸のように謝罪と状況説明のメールをするが、あとで見返すと、まともな文章になっていなかった。

ここで少しだけ悩んだのは、今、この状況をSNSで公表するかどうかだった。

本来ならば、隠したかった。退院したあとで、「実は入院してました。今は元気」ぐらいでいい。

けれど複数の出版イベントの予定を控えていて、中止、登壇取りやめにせざるをえない。「体調不良のため」としたら、いらん憶測を呼ぶのは間違いない。だからやむをえず、SNSで「救急車で運ばれて入院して、イベント出られません」と書いた。

ただ、「心不全」という病名は書かなかった。個人的に連絡をくれた友人や、仕事関係者には伝えたけれど、SNSでは伏せた。

これには理由がある。まず、病名を公表することにより、今は回復に向かっているのに、大袈裟にとる人が必ずいて、めんどうだからだ。

そしてコロナ禍の中、「**心不全の死者が多い！ ワクチンと関連している！**」などと主張して、急死や病気を、すべてワクチンのせいにする人たちが、結構いる。私までそれに巻き込まれたくない。

また「心不全」という病名は、自死した人の家族が、自死だというのを隠すために使う場合があるとどこかで読んだ覚えがある。自死しようとしたのだと、勝手に思い込まれるのは困るし、周りの人にも迷惑がかかる。

人は自分にとって都合がよく、「そうあって欲しい」情報を信じがちだ。私に対して、なんらかの同情心や嫌悪を抱いている人が、「**自殺未遂**」だと解釈することは、間違いなくあるだろう。

SNSで発信すると、どうしても、断片的に切り取られたり、自分たちに都合よい解釈で思い込まれたりして「真実」だと拡散されてしまうことは、避けられない。驚くほど読解力がない人も多い。

それもあって、SNSでは病名は伏せた。

ちなみに「心不全」とは、端的にいえば「心臓が悪い」状態で、生命を縮める。

SNSに入院したことを書き、出版社や会う予定があった友人などに連絡すると、驚きはしたようだが、「お大事に」と、優しい言葉をくれた。

常日頃、「**私が死んでも誰も悲しまないんじゃないか。でも私のことを嫌いな奴らが喜ぶから、死ぬのは嫌だ**」と考えていたが、そうでもないかも、と少し思った。

病名を公表せずにSNSに書いたけれど、ひとつ困ったのは、「仕事のし過ぎ、過労が原因」

と勝手に思い込む人が多かったことだ。

正直、私は今年に入ってから、本は刊行していたけれど、そんなに仕事をたくさんはしていない。小説の連載もないし、もう来年ぐらいから食えなくなるかもしれないから、持ち込み用の小説を書こうとしてたぐらいだ。

四月は趣味であるストリップ鑑賞にたびたび足を運んでもいたし、楽しく過ごしていた。今までが忙しすぎたし、五十歳を過ぎたのだから、身体を壊すほど仕事したくないなとも考えていた。

確かに数年前までは、文芸誌に軒並み書いていたし、本も多いときは一年に八冊ほど刊行していた頃もあった。その後、本が売れず、仕事は減っていき、今にいたる。それでも何社かとはつきあいがあるし、生活はできていて不自由はなかった。

多忙な頃は、精神的にも肉体的にもきつかったし、眠れなくなり精神科で睡眠薬を処方され、今にいたる。あんな状態を続けていたら、それこそ早死する。

だから、今、五十歳を過ぎてからの、そこそこ時間に余裕がある生活は、多少の先行きの不安はあっても快適だったのだ。

「仕事が忙しすぎて倒れた」とされてしまうと、もしかしたら、本来私に依頼するつもりだった仕事が、「そんなに大変なら今回は別の人に」となってしまうのは、困る。生活に関わる。

勝手な憶測をされて本来の仕事を失ってしまうのは、悔しくて怒りがこみあげてくる……のも正直ストレスになった。

ＩＣＵに入り、だいぶ楽になったとはいえ、ネガティブになったり不安を抱いたりと、鼓動が早まり、とてつもない恐怖の感情を呼び覚ました。

また心臓の動きが悪くなり、今度こそ死ぬんじゃないか、と。

ストレスを抱え込みたくない。

とはいえ、入院そのものが大きなストレスではあった。

ひとが死ぬかもしれないと心配するより、
自分が死ぬかもしれないと、心配してください。

患者になって気づいた。下半身を疎《おろそ》かにしてはいけない

さて、シモの話である。

下ネタ、下半身の話。

最初に言っておくが、全くもっていやらしい話ではない。

ＩＣＵで全身を管でつながれて一日中ベッドに横たわり、寝返りもできないので、身体がなまってこのときが一番つらかった。

トイレにも行けない。

尿道カテーテル（これも初体験）で、おしっこは自然に出ている様子だが、尿を出しているという感覚がないのが不思議だった。

ふと気づいた。

大きい方は、どうするんだろう。

看護師さんに聞いてみると、「まだトイレには行けないから、ここでしてもらうことになります」とのことだった。つまりは寝たまま、簡易便器をセットし、排便する、と……。

医者には「トイレでいきむのも、心臓に負担がかかるんです」とも言われた。

しかし寝たまま排泄なんて、果たしてできるのか。でも、いざしたくなったら仕方がないと諦めてはいたが、結局、一般病棟に移るまで、全く便意は起きなかった。

「水分がほとんどそのままおしっことして出てるから、便が出にくいんです」と言われて、納得した。確かに、普段でも、「なんか溜まってる感があるけど、出ないな」というときは、水かお茶を口にすると、もよおすことがある。

お腹が張ってしんどいわけでもないから、気にすることもなかった。もしも出そうで出ないなら、下剤渡しますからとは言われていたが、使わずに済んだ。

もうひとつ、シモの話。

入院した翌日、ＩＣＵで、「シモの洗浄します」と言われた。

シモ……性器周辺だ。

紙おむつを脱がされ、私の股間が晒された。

前述したが、入院した日は、シュガーリングサロンで脱毛したばかりだったので、つるんつるんだ。

その部分を、お湯を使い、手で（たぶん手袋とかされてるだろうが）入念に洗ってくれる。

なんかすいません、おばちゃんのアソコを……とか考えつつ、あることに気づいた。

私、今、つるんつるんで、陰毛がないから、もの**すごく洗いやすい患者**ではないだろうか！

看護師さんも内心、「毛がないから洗いやすい〜」と喜んでくれてるんじゃないか！

拙著『ヘイケイ日記』には、年齢を経て、下半身の白髪が気になるようになったが、レーザー脱毛はメラニンに反応するので、白髪には通用しない、だから脱毛する人は若いうちに！と書いた。

そして今、増えているのが「介護脱毛」だという話にもふれた。自分が介護される立場になったときに、男も女もあそこの毛がないほうが、清潔だし手がかからない。もし尿や便を無意識で垂れ流すようになったら、陰毛に絡んで処理が大変だから、早いうちに見据えて「介護脱毛」する人が増えていると。

私と同世代の芸能人も、「介護脱毛」したという告白をして、それが話題にもなった。それもあって、シュガーリングサロンに通い始めたのだった。べりっ、と砂糖とレモンのペーストで抜くだけだから、しばらくすればまた生えてきてしまうけど、繰り返せば少しは薄くなったり毛が細くなるらしい。何より、毛がないのはとても快適だった。

いざ、こうして入院して身動きとれない状態で、「シモの洗浄」をされて、介護とか関係なく、毛がなくてよかった！　とつくづく思った。

この「**毛がなくてよかった！**」は、このあと一般病棟に移っても痛感する出来事があったのだが、それはまたのちほど書く。

ところで、こうして看護師さんに「シモの洗浄」をしてもらい、普段からセックスやら性欲やら書いている者として「むらむらしちゃった〜」となるのか、気になる人もいるだろう。

はっきり言って、ない。

診察やらで、若い男性の看護師たちに、毎日のように胸も見られたけど、「いやだ〜恥ずかしいけど……エッチな気分になっちゃう」なんてことは、一切ない。

性器を看護師さんに洗われても、「あ、あたし、気持ちよくなっちゃった」なんてことは、全くない。**性欲は、健康ありきだ。**

男性作家が書いた入院記を読むと、勃起の描写が多い。

入院して容体が落ち着いたとき、勃起したとか、退院してセックスして、ちゃんとできたことで回復したのだと喜んだ、とか。

勃起して性欲が戻るというのは、病の坂を越えることができたひとつのバロメーターなのだろう。「生命力が戻った」と読者のほうも感じられる描写だ。

病から生還しての勃起は、「命」を目の当たりにできて、性とは生なのだなとも思える。

ICUに入っている際、出てからもしばらくは、性的なことは頭に浮かばなかった。

あと、当たり前だが、AVや官能小説に出てくるような、セクシーなナースなど、どこにもいない。そもそも看護師さん、スカートをはいてないし。

病院は全くもって「エッチな場」ではなかった。

退院したら、病院が舞台の看護師さんが出てくる官能小説でも書こうかなと考えていたが、そういう気分にはなれそうもない。

美しさのためでなく
すべては快適さのために
脱毛してみなはれ。

病院食はじめました。むくみはシグナル

木曜日に入院して、翌日金曜日、ＩＣＵにいるときの昼に、初めての病院食が出た。病院の食事なんて、全く期待していなかった。味しないだろうなぁとか思っていた。最初のメニューが何だったかは覚えていない。ご飯に主菜、小皿が二品なのは間違いない。だいたい、お昼と夜はそんな組み合わせで、主菜は肉か魚、小皿は野菜だ。予想外に美味しかった。塩分は控えてあるのだが、生姜や柚子などを利かせてあるので味がしっかりついている。

朝はパンかご飯かを選べるし、どうやらお粥でもいけるらしいが、昼と夜が白米なので、パンを希望した。

朝食のパンメニューは、トーストかロールパン。焼いてはいないが、温かい。マーガリンが毎回ついてきたが、つけなくても美味しい。くわえて目玉焼きとかウインナーなどのたんぱく質と、温野菜に牛乳。

結局、私は退院するまで、食事はすべて完食したし、毎日、食事の時間が楽しみだった。

入院中は暇だし、気持ちは暗くなりがちだし、不安だし、楽しみといえば食事だけだ。

食事が不味かったら、間違いなく心は折れていた。

この病院が特に美味しいのかどうかは、わからないけど、ラッキーだった。

数年前に、九十四歳で大往生した祖母は、最後の一年ほどは実家近くの施設に入っていた。今思うと何らかの予感がしていたのか、亡くなる一ヶ月前に私は帰省して祖母の様子を見に行った。私が自分の名前を告げても、もう私が誰だかわからないようではあったし、会話のキャッチボールはできなくなっていた。

ただ、祖母がひたすら、朝ご飯に何を食べた、昼ご飯に何を食べたと、食べ物のことばかり一方的に話していたのが印象的だった。

祖母は九十歳を過ぎるまで、病気とはほとんど縁がない人で、肉も揚げ物も好きでよく食べていた。私が帰省したら、「お祖母ちゃん、もう歳だから」と、生野菜などをこちらの皿によこし、肉や揚げ物はがっつり食べる人だった。

最後、施設に入ってから、食べ物の話しかしなかったのは、最後の楽しみが食事だったのだろうとは、自分が入院して気づいた。そんな楽しみがあり、食べる元気があった祖母は幸せだったとは思う。

食事が毎回美味しいせいか、あれ食べたい、これ食べたいという欲求は不思議なぐらいなかった。

ただ、飲み物はお茶か水に限定されており、しかも量も看護師さんが量っているので、自由に飲むことができず、入院後半は、「オレンジジュース飲みたい」「**ビール飲みたい**」と考えるようになっていた。

私は普段は、親しい人と食事をするときしか、酒は飲まない。コロナ禍でそういう機会も減っていた。たぶん、お酒無しでも生きてはいける。だから自分が「ビール飲みたい」と考えることは不思議でもあった。

けれどそんな「飲みたい欲」も、正直たいしたことなくて、退院してからもしばらくお茶と水だけしか飲まなかったが、全く平気だった。

一日中寝ていてほとんど動かず、三食ちゃんと炭水化物込みで食べて……こんな生活をしていたら、どう考えたって太るはずだ。

ところが毎日、体重を測るたびに減っていて、結局十二日間の入院生活で七キロ、退院して一週間でさらに一キロ減った。

魔法のように脂肪が消えたわけではない。

水分だ。

心臓の動きが悪くなり、水分が排出されなくなり、身体に溜まっていたのだ。

確かに、入院した前日は足のむくみがすごかったし、今までマッサージに行くたびに「むくんでますね」とは言われもした。

これだけ水分が排出されて体重が減ったのは、利尿効果のある薬を飲んでいるからだ。

それでも七キロ減るのは嬉しくて、看護師さんに「また減ってますね」と言われて、ふたりでニヤリとしてしまった。

しかし、このむくみが、まさか心臓のせいだとは思わなかった。

更年期障害かなーとか、昨日よく歩いたからと、むくみに効く漢方薬やハーブティー、アロマリンパマッサージ、むくみ取り着圧ソックスでごまかしていた。

むくみやすい人は、ちょっと疑ってみたほうがいい。

心臓が出しているシグナルかもしれない。

死にかけて
痩せたとしても
手に入れた体形は
新しい自分。

入院生活に必要。でも男がその名を知らないものたち

私は普段から、荷物が多く、鞄が重い。

あれもこれも急に必要になったら、どうしようと考えると、多くなってしまう。

だから大きなトートバッグを持ち歩いている。

ごついので、荷物を軽くシンプルにしたいなぁと常日頃から考えてはいるが、今回、この持ち歩き癖に助けられた。

まずスマホの充電器。これのおかげで、仕事関係の連絡も早めにできた。

そしてマスクも複数あったので、入院中、部屋の外に出るときはマスクが必要だったが、手持ちのぶんで事足りた。

紙のノート。普段から、何かしら小説やエッセイのネタになりそうなことを思いついたときのためにノートを持ち歩いている。どうしても紙じゃないと落ち着かない。このノートに、入院翌日から、「せっかくなんだから、思うことや起きたことをすべて書き残しておこう」と思って、ちまちま書いていた。それがこの本の元になっている。

他は爪切り、だろうか。常日頃から爪はこまめに切っていて、伸ばさない。どうしても自分

の爪が長いのが我慢できなくて、ネイルもできない。そして爪が少しでも欠けたら、切らずにはいられない。入院中、もし爪切りがなかったら、ストレスが大きかったと思う。爪切りは持ち歩いて正解だ。

この日、「入院のしおり」という冊子をもらって、そこには準備するもののリスト等も載っていたが、私の場合はとにかく急だったので、何もない。コロナ禍で、家族の面会は一切禁止、くわえて家族が荷物を持ってくる時間も平日の夕方一時間と限定されている。

うちの夫も取材が立て込んでいるので、来週じゃないと行けないと言われていた。実家はまあまあ遠方だ。

ふと、考える。

独身で、**家族も、友だちもいない人は、どうするんだろう**、と。

そんな人だって、たくさんいるはずだ。

私自身も、もし結婚していなかったら誰に頼っていたのか。

友人といっても、身の回りのことを頼めるほど親しい人が近くにいない人だって、いる。

あまり人と交わらず生きていきたいと思っているし、あらゆる人間関係がとにかく苦手で、それがコロナ禍で加速した。ちなみに夫も同じタイプで、友人がいない。そんな暮らしは、「寂しい」と思う以上に、気楽でストレスがなかった。

けれど、こんな事態になった今、「友人」というつながりは必要なのかとも考えてしまった。

家族が近くにいればいいかというと、もう私の世代になると親も高齢だし、兄弟姉妹だってそれぞれ忙しい。

なるべく人の手を煩わすことなく生きていきたいと思っていたが、なかなかそうはいかないようだ。


何も持たずに緊急入院して、「着るものどうしよう」とか考えていたが、早々にレンタルや必要なものの販売システムの説明があった。パジャマとタオルのレンタルと、箸やスプーン、マグカップ、歯磨きセット、テレビのイヤホンのセット販売だ。なるほど、これは便利だと利用しますという書類に署名した。

それでもまだまだ必要なものはあるので、夫にメールをする。

化粧落としや化粧水乳液等が入ったポーチ。これは旅行用に普段からまとめてある。

百均で買ったサンダル。運び込まれたときはスニーカーを履いていたが、トイレに自由に行けるようになったり、検査で病院内を移動する際に、素足でスニーカーを履くのはめんどうだし気持ちが悪いのでサンダルが必要だった。

あと、パンツ数枚と、退院時に着る服一式。

「パンティライナー」も頼んだ。

またの名を「おりものシート」。

男性はその存在すら知らない人が多いかもしれないが、生理用のナプキン未満のようなもので、ホルモンの関係やらで「おりもの」が出るときに下着を汚さないために貼り付けている、薄いシートだ。

生理の量が少なくなり、身体が閉経に近づいていると感じるようになってから、不正出血が何度かあった。だから下着を汚さないように、常日頃からパンティライナーを着けていた。病院でまだ風呂にも入れない状態だったので、今後、綿のパンツをはけるようになった際に、清潔さを保つためにも必要だった。

案の定、夫は「パンティライナー」を知らなかったが、ドラッグストアで店員さんに聞いてみる、と返信が来た。恥ずかしかったら申し訳ないとも思ったが、女の身体の仕組みを知ってもらうのはいいことだと考えることにした。

あとで「頼んでおけばよかったな」と後悔したもののなかに、「水のいらないシャンプー」がある。

この時点では、まだまだ風呂に入れないことまで頭がまわらなかった。

以前、家で話した際に、夫はこの「水のいらないシャンプー」の存在を知らなかった。もっとも夫はスキンヘッドでシャンプーそのものを使わないのだが。

友人の弁護士・角田《すみだ》龍平さんのラジオ番組に出たときに、この「水のいらないシャンプー」

の話題になった。阪神淡路大震災の際に、作家の田中康夫さんがメーカーにかけあって、水のいらないシャンプーを避難所の女性たちに差し入れしたという話だ。角田さんも、水のいらないシャンプーの存在を知らないようだった。男性の大半はそうかもしれない。

私自身も、田中康夫さんが、神戸で震災のボランティアをしていたときの日記で、その存在を初めて知った。

被災して避難している女性たちには、さぞかし喜ばれたことだろう。

男は何も知らない。
パンティライナーのことも
私のことも。

一般病棟へ。寝ているといろんなことを考える

入院して三日目、土曜日に「一般病棟に移ります」と告げられた。

ＩＣＵの個室が居心地よかったので、動きたくなかったが、しょうがない。ただ、まだ具合

がよくないので個室に、ということだった。

今回もベッドに寝そべったまま移動する。ＩＣＵと一般病棟はフロアが違うので、エレベーターに乗った。

この日に、やっと平熱になった。それまではずっと三十七度台だった。

酸素チューブがとれたが、点滴はまだつながっている。ずっと点滴の針が刺さったままなので、その部分が赤く腫れてときどき痛い。

採血の痕なのか、両手には青あざがいくつか出ているし、手はむくんで点滴でつながれているし、「ザ・病人」だったので、記念にその様子をスマホで撮影する。

そんな「ザ・病人」のくせに、私はまつげがバシバシだった。

倒れたその日の昼に、イベント出演のためにまつげエクステに行ったばかりだったからだ。

顔はすっぴんで、年齢相応のシミが目立ち、洗っていない髪の毛はぐちゃぐちゃで、管だらけのくせに、まつげだけバシバシ……。

看護師さんにも「**まつげ凄いですね**」と指摘された。


一般病棟の個室に移ったので、こっそりＹｏｕＴｕｂｅなどを見ていた。鞄の中に文庫本が一冊あったが、なんとなくまだ本を読む気分にはならなかった。

お昼にうどんが出た。麺類が病院食で出るなんて予想外だったので、テンションが上がった。

生姜がよく利いていて美味しかった。

だいぶ自由になったとはいえ、点滴があるから、身体はまだそんなには動かせず、肩こりがつらい。

入院は一週間から二週間と言われているが、おそらく一週間では出られないだろう。

新刊の発売を目前にして、書店さん用のサイン本を作る作業があったが、発売日には絶対に間に合わないし、どれだけ待たしてしまうかと考えると、憂鬱な気分になる。編集者たちは「無理しないでください」と言ってくれるけれど、宣伝活動ができないことが悲しくて落ち込む。本が売れない作家なのだと、私はしょっちゅう苛《さいな》まれるけれど、この入院で、またさらに出版の世界で居場所がなくなったような気がしてならなかった。


スマホを眺めていると、ネットのニュースは、私が入院する前日に亡くなった上島竜兵さんに関する記事で溢れている。

ある日、いきなり、命を絶たれたら、周りは悲しい。

でも、そうせざるをえないほど、本人もつらかったのだ。

私の周囲には、家族に自死された知人が、複数いる。

家族の自死は、一生消えない傷を残す。

けれど、私は自死そのものを否定できずにいた。生きることは過酷で、耐えられない人もいる。

自分だとて、死にたいと思ったことは、若い頃から最近まで何度もあった。とはいえ、ダチョウ倶楽部のリーダー・肥後さんが上島さんについて発表されたコメントを読んで、涙が溢れてしまった。看護師さんに見つかったら、自分の病状に悲観して泣いていると誤解されそうだと、必死で拭っていた。

上島さんのニュースを見ながら、近年、若くして亡くなった知人たちのことも考えていた。自死、事故、病気、さまざまな死に方がある。命が尽きる直前、彼ら彼女らは、どんな光景を見ていたのだろうか。

たぶん、それは人それぞれ違う。

友人であったコラムニストの勝谷誠彦《まさひこ》が五十七歳で亡くなったとき、私は悲しみより怒りに支配されていた。兵庫県知事選挙で落選し、仕事も次々と失って、彼は酒に逃げるしかなかった。最後に会ったときに、その老け方に驚いたし、目が虚ろだった。食べないのに、腹だけが出ている。「こいつ死ぬんちゃうか」と思った。そしてその通りになった。

それでも最初に倒れてＩＣＵに入ったのち、「飲んだら死ぬ」、つまりは酒を飲まなければ生きられる可能性があると言われていたのに、彼は医者や周囲の人たちの手を振り払い、飲んだ。臓器が力尽きて、心臓は止まった。

生きられる可能性があったのに、それを拒否し、周りを傷つけた彼に、私は怒りまくっていた。怒りは二年以上経っても、治まらなかった。
けれど、自分だとて、彼とやっていることは変わらない。
身体の不調をすべて更年期のせいにして、目をそらしていたのだから。
心のどこかで、生きることを放棄していたのかもしれない。

生きたい人がいて
死にたい誰かがいる。
そして私は
生きることを放棄していいのか。

かまって老人にはなりたくないが

個室の一般病棟は快適だった。ずっとここにいたい。そりゃ追加料金かかるけど。
土曜日、入院して三日目を、個室で過ごしていたが、カーテンはあれど扉は開けてあるので、外の様子が少しだけわかる。

大きな唸り声をあげ続けている男性がいた。何を言っているかは、よくわからない。

夜になると、その唸り声をあげている男性と、看護師らしき人のやり取りが聞こえる。どうやら担当の看護師さんは、もう勤務時間は終わったので交替して帰ろうとしているが、それに対して男性が怒っている様子だ。看護師さんは諦めたように、「じゃあ、少し話をしましょう。違う場所で」と言っていた。この男性の唸り声は、私が部屋を移り、退院するまで聞こえていた。

それ以外でも、女性で「帰りたい」と看護師さんに訴え続けている人の声も聞こえた。帰りたい、帰りたい、と。

あとで聞いたが、この女性は、看護師さんが少しでも目を離すと、勝手にエレベーターのほうへ行き帰ろうとするらしい。

エレベーターの目の前にナースセンターがあるが、看護師さんだとて忙しいから、見張っているわけにもいかないだろう。

それとは別に、ナースコールを押して、看護師さんが「何か御用ですか」と来たら、「何もない」「ナースコールは、用事があるときだけ押してください」「わかった」と言いつつ、またナースコールを押して、同じことを繰り返すおじいさんがいるとも聞いた。

今さらながら、**看護師さんて、大変な職業だ。**

ただでさえ本来の業務以外に、困った患者たちの相手をしないといけない上に、コロナ感染予防も徹底しなければならない。

私は小説の仕事が忙しくなってから眠れなくなり、近所の病院の精神科に行き、睡眠薬を処方してもらうようになった。基本は一錠か、半錠かで、量を増やさないようにはしているのだが、なくては眠れない。今回の入院中も睡眠薬をもらっていた。

今でも月に一度、そのために大きな病院に通っているのだが、そこでも、看護師さん、受付の女性、薬局に行くと薬剤師さんに、喋りかけて貼り付いて離れない老人が、必ずいる。わざわざ喋るときだけマスクを外して注意されてる人もよく見かける。

あれは本来の業務に支障をきたすだろうとも思うけれど、患者をぞんざいに扱うわけにはいかないので、こちらが見ていて気の毒になるほど、ちゃんと相手をされている。

そして、そういう「**かまって老人**」**は、ほぼ男性だ**。

いや、女性だって、そういう人はいると、今回の入院で何度か思ったけれど、やはり街で見かける「仕事をしている女性」に、「客の立場で必要以上に近づいて離れない」のは、老いた男性率が圧倒的に高い。

SNSでも同じだ。私が一応、性的な小説を書いているのもあるからかもしれないが、いわゆるクソリプ、おそらく私の本など読んではいないだろうけれど、簡単に自分で調べれば済むことをいちいち聞いてきたり、返事のしようがないリプライや、意味不明の絵文字や顔文字、かまって欲しい、相手して欲しい、ただそれだけの人がわらわら寄ってくる。

めんどくさいから即ミュートしてるし、その人たちの目的は「エロいことを書いている女に相手にされたい、かまわれたい」だから、たいていの人は、諦めてくれるが、そうでない人もいる。

そういうアカウントを見に行くと、フォローしているのが女の人ばかりで、女の人にしょうもないリプライをし続けている。

男性有名人相手には敬語で、女性にはタメ口でと、露骨にわけている人も多い。無意識の女性蔑視、女性を舐めているのに本人は気づいてなさそうだ。

そういうアカウントのプロフィールを見ると「還暦過ぎたおじさん」「○○オヤジ」と書いてあることが多いので、やはりある程度、年齢が上の男性たちだ。

なんでおっさんて、そうかまってちゃんの寂しがり屋なの？ と思うけど、おそらくそれを指摘したら逆ギレされる。彼らは結構、プライドが高い。自分たちの孤独を認めたくない。

女性だって、孤独なはずだけど、女性のほうが耐性がある気がする。

孤独で寂しいのは、しょうがないけれど、それで仕事の邪魔をして負担をかけるのが問題だ……でもきっと本人たちもどうしようもないんだろうな。

自分だとて、老いて身体が弱って孤独になったら、自覚なく、かまって欲しがる迷惑ばあさんになってしまうかもしれない。

孤独や病は人を苛み、理性や判断力を失わせてしまう。

そう考えると、老いはつらい。

「男は手がかかる」
なんて女が認めてしまったら
あかんのではないか。

病院でも肩書きはついてくるのか

入院四日目の朝を、一般病棟の個室で迎えた。

昨夜は睡眠薬を飲んだけれど眠れず、しかも鼻をかんだら鼻血が出て、パジャマに血がつき、なかなか無惨なビジュアルだ。

相変わらず、風呂に入らず髪の毛洗わずなので、頭が痒《かゆ》いのが不快でしょうがない。眠れなかったのは、そのせいかもしれない。

この日、心電図計が小さくなった。首からぶら下げるポシェットみたいなやつだ。退院まで、これをぶら下げることになる。酸素飽和度を測る指のセンサーも外してもらえた。

四日目にして、やっと便意が訪れ、部屋のトイレで済ます。

紙おむつから、紙パンツになった。でも、やっぱりゴワゴワしてなんだか気持ちが悪いままだ。普段はいている綿のパンツが、どれだけ快適なのか痛感する。

仕事は、七月発売の文庫のゲラチェックと、九月発売の文庫の加筆修正作業があったが、どちらもまだ時間に余裕があるので、安心はしていた。個室ならパソコン持ち込んだら仕事できるかな……とか考えたけど、どうもそんな気分にはならない。

ひとつだけ、五月末発売の雑誌の、四ページのコラムがあった。原稿は入院前に渡しているが、ゲラチェックという最終的な確認作業がある。これはスマホでもできるから、やりますと編集者には伝えてあった。

無理しないでくださいね、といういたわりの言葉と一緒に、メールに添付されゲラが送られてきたので、目を通す。「**いつまで性欲はあるのか、女でいられるのか**」みたいな内容のコラムで、今現在、病室で性欲どころじゃなくなっている私は、「つい一週間ほど前は、こんなことを書いてたのか」と、他人事みたいに眺めて、チェックして返信する。

鞄の中に一冊だけあった文庫本を読み終えると、また暇になってしまった。けれどスマホがあってよかった。友人と、ものすごくしょうもないやり取りができるのが救いだ。

個室にいるうちに、と、実家に電話した。

心配だ心配だと騒がれるのでめんどくさいが、しないわけにはいかない。年取った親に負担をかけるのを考えるだけでも、しんどくて具合が悪くなりそうだった。

義理の両親は、うちの親よりも年齢が上なので、さらに余計な心配をかけたくなくて、夫に「内緒にしておいて」とメールしたが、うちの両親が夫と連絡がとれないからと、最初に電話していて、とっくにバレていた。

今回の入院を機に、義母とＬＩＮＥでやり取りするようになり……私が「花房観音」であることが、たぶんバレた。

いや、おそらく、以前からわかってはいただろうとは思う。

夫の名前をネットで検索したら、私のことも出てくるし。

ただ、義母は以前と変わらず、私が「花房観音」という、性的なことを書く小説家だということにはふれずに、接してくれるので助かっている。

入院して、あらためて、ペンネームでよかったと思った。本名で文章を書いたり、人前に出たりしていて、正体がバレてしまうと、すごくめんどくさい。

ちなみに病院で職業を聞かれて、「家でパソコンに向かって文章を書く仕事」と答えると、看護師さんや主治医には「ライターさんですか」と言われたので、「**まあ、そんなもんです**」

と答えていた。

「小説家」も、「バスガイド」も、人の好奇心を刺激する職業だ。美容院やらマッサージやらでも、昔から職業を聞かれると、困った。

一時期、「主婦」と答えてもいたが、そうなると「旦那さんは何されてるんですか」と問われ、それはそれでめんどくさい。

あと、以前、取材でひとりで温泉地の旅館に泊まり、マッサージを受けたときに、職業を聞かれ「主婦」と答えると、「夫の金でひとりで温泉来てマッサージなんて優雅でいいですねー」みたいに、マッサージをしてくれる女性の言葉にチクチクと嫌なニュアンスを感じてしまったので、「主婦」と答えるのもやめた。別に主婦だから働いてないってわけじゃないんだけどな。

なんにせよ、ペンネームでやっててよかった。


みんな生きているだけで忙しい。

働いていても働いてなくても。

肩書きがあってもなくても。

二の巻

病院で生きる篇

誰だって孤独死は他人事ではない

入院五日目、熟睡して目覚めもすっきり。

入院してから、眠りが浅い日と、よく眠れる日が、交互に訪れている。

この日は、夜の道路を全速力で走る夢を見た。なぜか行先は、北陸方面だ。福井や石川に行きたいのだろうか、私は。

「病室移りますね」と、看護師さんに告げられた。

集団行動が大嫌いなので、複数人がいる部屋でやっていける自信はなかったが、いつまで続くかわからない入院生活、個室の値段がいくらになるのかも怖いし、ネタになると考えて従うことにした。

そして私は、同じフロアの四人部屋に移った。今まではベッドごとの移動だったが、今度は車椅子移動だ。

四人部屋で、窓際にひとり誰かがいる様子だったが、カーテンで仕切られているから姿は見えない。

テレビがあり、洋服をかける台と、椅子とテーブルがある。椅子に鞄を置く。

窓際のベッドで、高層階なので、景色がいい。京都は景観条例があるので、高い建物がなく、街を一望できて、空が広い。

個室からの引っ越しを終えて、私がまずしたことは、「心不全で入院してるんですけど、そもそも更年期の不調だと思い込み放置した結果なんです。それって、以前、刊行した『ヘイケイ日記』ともつながるテーマなので、ｗｅｂで入院記を連載させてもらえませんか？」と、幻冬舎の担当編集者にメールすることだった。

こんなん、ネタにせな、やってられへん……と、入院して早い段階から、考えていた。せっかくの初救急車、初入院、初ＩＣＵ、この体験を、ＳＮＳではなく、ちゃんとお金がもらえる媒体で書きたいと。メールをすると、約二時間後に、「編集長も興味を持っています。ＯＫです」と返信が来た。

さすがに話が早い。

連載が決まり、ホッとした。

これで何かしら今後ストレスがあっても、ネタに！　と思えばきっと耐えられる。


今日は夫が荷物を持ってくる日だが、それまでまだ時間があって、その間に私が何をしていたかというと、「心不全」で亡くなった有名人の検索だ。

「心不全」は、芸能人等の死因でよく聞くが、今までたいして気にもしていなかった。

出てきた名前は、大杉漣、有吉佐和子、坪内祐三、山口美江……みんな若い。心不全ではないけど、同じく心臓の病で急死したのは作家の林芙美子もだ。

なかでも、山口美江さんは、五十一歳、今の私と同じだ。

ひとり暮らしで、連絡が取れないので親族が駆けつけると亡くなっていた。「心不全」とされたけれど、詳しいことはわからない、と記事にはある。

他人事ではなかった。

私は繁華街で具合が悪くなり、バス停にいた人に救急車を呼んでもらったから助かった。自分で救急車を呼べる状態ではなかった。「一一九」が浮かばないのだ。スマホに緊急呼び出し機能がついているけれど、それも発想になかった。

もしも誰もいない場所で倒れてたら、そのまま心臓が止まっていたかもしれない。

自宅にひとりでいるとき、スマホを手元に置いているとは限らない。鞄の中や、机の上に置きっぱなしということは、よくある。ワンルームマンションならともかく、広い家に住んでいたら、具合悪くなって動けなくなっても、手元に携帯電話やスマホがない可能性のほうが高い。そうなると、助けを呼ぶ手段はない。

山口美江さんがテレビに現れたとき、美人で、知的で、バイリンガルで、バラエティ番組に出るユーモアもあって、すごい女性だと子どもの頃、感心していた。若くして自宅で亡くなり、「孤独死」と報道され、かつてが華やかな存在だったからこそ、重い気分になったのを覚えている。

その前にテレビに出ていたとき、激やせが話題になっていたから、何らかの不調はあったのだろう。

林芙美子は、働き過ぎて心臓を悪くしていた。貧しい育ちから這い上がった林芙美子は、他の作家に取られたくないと、仕事を引き受けまくって、その勝気さと成り上がりゆえなのか、ときどきの品のない振舞で嫌われてもいたという。

彼女は**負けたくなかったのだと思う**。自分を馬鹿にする文壇や、世間に。

林芙美子について書かれたものを読むと、私は他人事ではいられない。

馬鹿にされたくない、自分を侮辱、嘲笑してきたヤツらを見返してやりたい。そんな気持ちは、私の中にもずっとあった。

もしも私が林芙美子のように売れっ子になり、あのペースで書き続けていたら、それこそもっと早く倒れていたか、精神的に病んで書けなくなっていたか、どちらかだ。

仕事は欲しいけれど、命と引き換えにまではしたくない。

正直、
命がけでしないといけない
仕事なんてあるのか。

窓際を主張するほうの人間

引き続き、入院五日目の月曜日。

午後になり、看護師さんが「ご家族がいらっしゃいましたよ」と、大きなボストンバッグを持ってきてくれたので、替わりに入院したときに着ていた衣服一式が入ったビニール袋を渡す。

コロナ禍で面会は完全NGで、患者家族が荷物を持ってくる時間も、平日一時間と限定されている。

夫が持ってきてくれたバッグを開ける。

退院する際に着る衣服一式、下着数枚、そしてiPad、新刊見本、化粧水やら入ったポーチにサンダル、パンティライナー、あと頼んではいないのだが気を利かせてくれたようで、身体拭き用のウエットティッシュもあって、これで風呂に入るまでの数日、かなり助かった。一日一回、温かい濡れタオルを渡され身体を拭くことはできたが、それ以外でも身体を拭くとすっきり気分がよくなる。

さっそくサンダルを床に置き、入院していた際に履いていたスニーカーは袋に入れて仕舞う。

何よりありがたいのが、念願のiPadだ。

入院中、本当に助けられた。

私は紙の本と電子書籍を併用している。

自分が本を出す仕事に就いてから、「装幀」、つまりは表紙やカバー、カバーをめくった中身の本の作りなどが、こんなにもバラエティに富んでいて美しいものかというのを気にとめるようになった。

紙の本は、内容と装幀も含め、ひとつの「作品」で、デザイナーさんの力が発揮されるし、書店に陳列された際に、どれだけその「見た目」が重要かというのを実感した。

幸いにも、私の本は美しい装幀の本ばかりだ。

ただ、近年は電子書籍を買うことも増えた。特に新書や漫画は電子で購入することが多い。

電子のメリットは、購入して手元に届くまでが早いのと、本を見つけやすいことだ。資料的な本を、原稿書くために急ぎ購入しなければ！　となった際は、電子だと早くて助かる。

うちは夫婦ともども物書きで、本の量がなかなか多いので、必要な本を探すのに部屋を行き来し本棚の奥まで探り、結局見つからないなんてことも、たまにある。その点、電子は、検索したらすぐ出てくる。

あと、紙で絶版になった本が、電子で復活していることが多いのもありがたい。

そして今回の入院時のように、自宅を離れて、ありあまる時間をつぶす際には、電子書籍が便利だ。荷物が軽く済む。

紙の本は、装幀が美しいし、正直、本を出す側の人間として、紙の本じゃないと「本を出した」満足感や達成感が得られない。紙の本はプレゼントもできる。

だから紙も電子も、それぞれメリットはある。紙の本は保存用に、電子は資料用に使うといった感じだろうか。

普段から、電子書籍はiPadで読んでいた。他にもちょっとしたゲラチェックとか、絵を描いたりとか、使い道が多い。

夫が持ってきてくれたiPadを早速開く。

これで本が読める、欲しい本が買えてすぐに入手できる！

それだけでだいぶ気持ちは上向きになった。


さて、現在は四人部屋で、先に窓際にひとり先住民がいた。

おそらく声の様子からして、うちのオカン世代（七十代）ぐらいかなと推測する。

仮にこの先住民をAさんとする。

昼から、新たにひとり、Aさんの隣のベッド、トイレの横に誰かが入ってきた様子だ。

この人も、たぶんオカン世代で、Bさんとしよう。

Bさんは、部屋に入ってくるなり、Aさんと大きな声で会話をし始めた。どうもBさんは、私がここに来る前から入院して、手術で一時期部屋を移っていただけのようだ。

そしてBさんは、Aさんに「私！　窓際がいいって言ったのに！　窓際予約しといたのに！　窓際じゃない！」と、訴えている。

はい……私、窓際です。

四つスペースがあって、窓際はAさんと私、廊下側がBさんと、もうひとつが空きベッドだ。

「窓際がよかった〜」と、大きな声で、しつこくBさんはAさんに訴えている。

ちょっと待って、それ私に聞こえるように言ってんの？

私に対する嫌味？

でも私は「窓際がいいです」なんて希望してないんだけど。

単に窓際が空いてるから、そこに入れてもらったんですけど。

Bさんが窓際じゃないのは、私のせいじゃない。

でも、大きな声で、何度も「窓際がよかったのに！」と言われると、気分がいいはずがない。

だからと言って、「窓際のベッド、替わりましょうか？」なんて声をかけるほど、私は親切ではなかった。確かに窓際は景色がよくて、閉塞感が薄れる。

この窓際コールで、挨拶のタイミングを失った。

お前のせいで、私は窓際になれなかったんだと嫌味を言われているような気がして、会話する気にならないし、「関わりたくないな」と思ってしまった。

Bさんは、そう悪意などなく、ただ「**思ったことを口にしただけ**」なのかもしれないけれど、それでもじゅうぶんに不愉快だった。

ああ、やっぱり自分以外の人間と同じスペースで暮らすのは、ストレスだ……と、げんなりした。

人が集まれば
そこは
小さな世間。
あぁ、わずらわしい。

大部屋という小さな世界で

さて、一般病棟の大部屋に移り、他人がいるという新たなストレスが加わったものの、だいぶ身体が動かせるようになり、肩こりもなくなり、楽になった。

看護師さんと主治医が、さまざまな書類を持ってきてくれて、説明を受けたり読んだりサインしたりする。本来、入院申込書は入院前に記入するものだが、救急車に運ばれての緊急入院だったので、あとになった。

会計の係から、入院費の説明があった。そこそこ高額になるから、高額医療費制度の払い戻しを受けられるけど、一時的な窓口負担を少しでも軽減するために、加入している保険のほうから必要な書類を取り寄せるとよい、と話をされた。

私は日本文芸家協会を通じて文芸美術国民健康保険組合というのに加入していた。数年前からこちらに保険料を払っている。

文芸美術国民健康保険組合のＨＰを見たら、メールでやり取りできるようだったので、「限度額適用認定書」申請の書類を自宅に郵送してくれるように連絡する。病院の会計の方によると、支払いは退院時にしなくても、今月中でいいとのことだったので、退院してから申請書を送ることにした。

三食ご飯が出てくる生活は優雅だが、頼むから少しでも支払額は安くなって欲しい。

夫が家からパンツを持ってきてくれたので、紙パンツを脱いで、普段はいている綿のパンツを身に着ける。

快適すぎて感動した……。

当たり前にはいている綿のパンツが、これほどまでに肌にストレスを与えない、心地よさだったとは！

今まで君の素晴らしさに気づかなかった！　**ありがとう綿パンツ！**　と、パンツに感謝する。

ちなみに通販で十枚三千円で購入した、安くて地味で臍《へそ》まで隠れるパンツだ。

綿パンツ最高！　と、歓喜する。

書類を持ってきてくれた際に、主治医と話をした。

ＩＣＵを出てから、しんどくなったりもしないし、調子はいい。

ただ、念のためにいくつか検査はしますとのことだった。

衝撃だったのは、「病院に運ばれた時点では、心臓の一部が、ほとんど動いてなかったんです。今も完全とは言えないし、まだ弱いけど、だいぶ動くようになっています」と言われたことだ。

……心臓の一部が、ほとんど動いてなかった。

ガチで死にかけてたんや……。

身体は楽になっていたし、「ネタにしてやる」と考えて能天気でいたのだが、あらためて大ごとだったのだと思い知る。

そりゃ心不全て、心臓の動きが悪くなり命を縮める症状だから、大ごとだ。

「心臓カテーテル検査はしたほうがいいな」と、主治医が言うので、なんなのかわからないまま、私は「はい」と頷いた。

あとで調べたり説明を受けたら、手首や頸部などに局部麻酔をし、血管から管を通して心臓の検査をする……って、血管に管！　心臓まで管！　って、少しおののいた。

洗ってない頭は痒くて不快だし、同室の人たちはやたらうるさいし、心臓カテーテル検査は怖いし、私は今後退院しても大丈夫なのか、普通に生きていけるのかと不安はあったが、今日もご飯は美味しい。昼に卵焼きが出たのが、嬉しかった。

iPadは来たけれど、すぐに活字を読む気にならず、鏡で自分の顔を眺める。

やはりエクステしたばかりのまつげはバシバシだ。

当たり前だが、**ずっとすっぴんで、化粧はしてない**。

ずいぶんとシミが増えたな、シミ取りしたほうがいいかなとか考えながら自分の顔を眺めていた。

コロナで面会NGなのは、ありがたい。

洗っていないぐちゃぐちゃの髪の毛、シミだらけのすっぴんなんて、知り合いに見られたくない。風呂も入らず、濡れタオルで拭うぐらいなので、身体が臭かったらいやだ。

AさんとBさんは仲良しらしく、ずっと大声で話していて、内容も丸聞こえだ。

「窓際がいい！」と騒いでいたBさんは、看護師さんが出ていった瞬間、何かしら愚痴と悪口を発していて、改めて関わりたくないタイプの人間だと思った。

ある看護師さんが立ち去ると、BさんがAさんに、ひとしきりその看護師さんに対する文句を言ったあと、「あの人な、あの年でまだ結婚してへんねんて！　独身やねんて！　やっぱりあかんなぁ」と続け、Aさんが「最近は多いで、そういう人」と答えた。

出た！　結婚差別！

結婚してようがしてまいが、看護師の業務になんの関係もない。「あの年でまだ結婚してへん」というのは、四十歳になる直前で結婚した「晩婚」の私が、さんざん言われたり、思われたりしていたことだ。

普段、私は出版業界の片隅にいて、ジェンダー問題などに敏感な人たちが周りに多い。そうなると、仮に結婚してないことであれこれ思ってはいても、はっきり口にする人は少ない。

そもそも私の同世代って、独身も、離婚経験者もめちゃくちゃいるし。

とはいえ、一歩、「世間」に出てみると、まだまだ未婚であることで、何か劣っているような言われ方をされるんだなと、現実を見せられた気になった。

綿のパンツは快適で
世間は相変わらずめんどうくさい。

病院でも京都の「ぶぶ漬け伝説」

「私、窓際がよかったのに！」と、部屋に来るなり大声で口にした同室の患者Bさんだが、どうもこの人は、ひとりでもずっと愚痴を言っているタイプの人だった。

料理が来るたびに、「ここの魚、冷凍やわ」（そりゃそうだろう）だの、看護師さんを呼びつけておいて「口の利き方があかんわ」などと、文句を言っている。

でも、やたらと愛想はいい。看護師さんや主治医には、甘えるような声を出して「ごめんな〜ごめんな〜」と用事を申しつけながら、姿が見えなくなった瞬間に、「あの人、あかんわ」などとぶつぶつ言っている。

もしかして、これが、**京都の「ぶぶ漬け伝説」**なのか。

来客に、「ぶぶ漬けでもどうどすか」とすすめるのは、「気が利かへんな、とっとと帰れ」という意味だという、京都人の本音と裏の怖さをたとえる、「ぶぶ漬け伝説」……。

私などは、三食栄養バランスのとれた美味しいご飯が出てくるわ、看護師さんたちみんな親切で、いたれりつくせりで、まるで王様みたいな生活だと思っているのだが、オカン世代のAさんやBさんは、しょっちゅう愚痴っている。

でも、これは私が生まれて初めての入院だからかも。入院慣れしていないので、上げ膳据え膳の生活がありがたく思えている。

Aさんや Bさんは、入退院を何度か繰り返している様子だった。だから愚痴や文句も出やすいのかもしれない。

それでも、大声でネガティブな言葉を発せられ、それが耳に入るのは、気が滅入る。

入院中から、退院した今現在にいたるまで、「ネガティブな言葉と情報」を避ける気持ちが強くなった。

いや、その少し前、今年に入ってからだ。

まだコロナウイルスの感染者が多く、外に出て人と会う機会も少ないので、ネットを見る時間はおのずと長くなったが、芸能人の不倫のニュースに投げかけられる罵詈雑言、ネットに当たり前に行きかう誹謗中傷、有名人の軽い罪が露わになると、「それ今だ、この世から消えろ！」とばかりに乗っかって炎上させたがる人々にげんなりすることが増えた。

自分たちの身内は守りぬくくせに、正義感を盾にして有名人のスキャンダルを嬉しそうに報道するメディア、正義の名のもとに自分の気にいらないもの、嫌いなものをこの世から消そうとする「正しさをふりかざす」人たち。

かつては多少、自分も面白がっていたものへの**耐性がなくなっていた。**

心が摩《ま》耗《もう》する。しんどい。

自分自身に対しても、そうだ。

私のことを嫌いな人、憎んでいる人は、結構いる。

一度も会ったことがないのに、とにかく私が嫌いで嫌いでそれを発信せずにはいられない人もいれば、面識があり挨拶しただけなのに憎んでくる人もいる。

ラジオに出れば、わざわざハッシュタグをつけて関係者に届くように、毎回、私の名前を出して「つまらない」「面白くない」と執拗に発信している人もいる。そんなふうに見知らぬ人に悪意を向けられることはしょっちゅうだ。

私自身も世の中に嫌いな人はたくさんいるので、これはばっかりは、どうしようもない。

ただ、そんな自分に向けられた悪意を面白がることができない。

できることは、見ないようにするだけだ。

それでもあらゆる手段を使って、悪意を見せつけてくる人間はいる。

私だけじゃない。私の好きな人、親しい人に向けられる悪意も、同じだ。見たくない。

かつて自分だとて、娯楽にしていた「悪意」を、受け止められなくなっていた。

入院中、それが決定的になった。

毎週必ず読んでいた週刊誌も、見なくなった。ネットニュースも、ロクに調べもせず人を引きずり下ろそうという悪意あるタイトルのものは、クリックしない。

そういうものを目にしてしまうと、疲れるし、関係ない人のことでも、ストレスになる。


世の中には、負のオーラを出している人というのがいる。

愚痴と文句しか言わない、ケチをつけたがる、嫉妬を正義感で覆い隠し、人を攻撃する。

優越感を得たいがために人を貶《おとし》める。

何もしないくせに自己顕示欲だけは旺盛で、常に「自分」を押し出す。

実のところ、私こそ、そういう傾向の強い人間でもある。嫉妬や羨望、恨みなどの、ネガティブなエネルギーだけで生きてきた。

けれど年齢とともに、ネガティブなエネルギーを失ってしまったのだ。

嫉妬などの気持ちがなくなったわけではないけれど、**「人を見返してやる」という気力が、もう、ない。**


見たくないものは見ない。知りたくないものは、知らないままでいい。

心に波風を立てるような場所には行かないし、人には会わない。

老いたから、そうなったのなら、老いを歓迎する。

昔の自分からは想像もつかないほど、穏やかにストレスなく生きていきたいと考えるようになってはいたが、今回の入院でそんな気持ちが強まった。

年とともに、ストレスが身体に与える影響の大きさを痛感している。

今回、倒れたのは私自身の不摂生と、不調を放置していた結果ではあるけれど、入院中、ネガティブなことを考えたり不安になったりすると苦しくなって、「死ぬかも」とさらにまた不安になる悪循環を何度か味わった。

これから生きていくために、もう、負の感情を喚起させるものは見たくない。

悪意は
元気な人の心に宿るもの。

希望以外はもういらない

大部屋でストレスは大きくなったが、夫に持ってきてもらったiPadのおかげで、好きに本が読めるようになった。欲しい本があったら、すぐさま購入できる。

病院には売店もあったが、ひとりでは行くことができないので、雑誌をすぐに購入できて読めるのもありがたい。

さて何を読もうかと画面に並ぶ本の表紙の画像を見て、目に留まったのは、滋賀県在住の翻訳家で、エッセイの本も何冊か刊行されている村井理子《りこ》さんの『更年期障害だと思ってたら重病だった話』（中央公論新社）だ。

……これ、私のことじゃないか？

タップして本を開くと、「心不全」という言葉が目に入る。

……モロに**私のことやん**……。


村井さんのこの本は、実は発売されてすぐに購入していた。

バリバリ更年期の女として興味があったからだ。

けれど、読んでいなかった。

村井さんの他のエッセイは何冊か読んでいたのに、これだけ手をつけていなかった。

理由は今ならはっきりとわかる。

怖かったのだ。

私はすべての不調を「更年期障害のせい」にすることで、病気から目を背け続けていた。だから今回、救急車で運ばれた。

気にはなっていたが、読むのは怖い。

だから村井さんのこの本は、数ヶ月、手をつけられなかった。

もう夜で、消灯時間も近いから、少し読むだけにしよう……そのつもりが、一気に読んでしまった。自分と同世代の村井さんが、入院し手術して回復するまでの本音が描かれた貴重な記録だ。そして「今」の村井さんのことも。

最後のページを読み終わると、あまりにも今の自分の状況とリンクして、倒れてからの不安や恐怖が蘇るのと同時に、村井さんの言葉に救われもして、泣いていた。

本当は、ずっと怖かった。

いったん「死」から逃れたけれど、いつまた具合が悪くなるかわからない。急に苦しくなって、そのまま命が絶える恐怖がある。退院できても、同じようなことになるかもしれない。

この先、ずっとこんなふうに、心臓が止まるかもしれない不安を抱えて生きていけるのだろうか。

入院前のように普通に暮らしたりできず、仕事だって、諦めないといけない可能性がある。本だってもう出せないかも。当たり前のはずだった「普通」が、もう私には遠いものになってしまったんじゃないかと考えると、深く落ち込んだ。

誰にも言わないけど、本当は、ずっと恐怖と不安が貼りついていた。

けれど友人や親族へのメール、SNSでも、そんなことは絶対にふれられない。

実際に回復はしていたし、前向きなことしか発信していなかった。

不安や恐怖を吐露して、人に心配をかけてしまうのは、何より嫌だったし、「心配」という名目で、余計なことを言ってくる人間たちに攻撃されるのは避けたかった。心身共に守るためには、**「元気です」と言うしかなかった。**

ＳＮＳではひたすら、「お見舞いや心配はいらんから、とにかく本を買ってください」とだけ言い続けていたし、それは間違いなく本音だ。

だから「元気」としか、言えない。

でも、それでも不安や恐怖は常にあったし、退院した現在でも、消えてはいない。

今でもふとしたことがきっかけで、「死」が目の前にせまり、恐怖で震える。

入院前の「根拠のない健康への自信」は、もうない。

毎日「死の恐怖」がこみあげてくる。

でも、誰にもそんなことは打ち明けられない。

そんなふうに押し隠していた感情が、一気に溢れて、声を押し殺して泣いていた。

『更年期障害だと思ってたら重病だった話』は、退院するまで、三回繰り返し読んだ。

もしも私が怖がらずに、この本をもっと早い段階で読んでいたら、とっとと病院に行って、今回の事態は避けられたかもしれない。

なんで読まなかったんだ、私のアホ！　と呆れるが、やはり怖かったんだろう。

私は自分を大切にしていなかったのだ。生きることに執着があったつもりが、どこかで「どうでもいい」という気持ちがあり、逃げていた。

その結果が、今の状況だ。

けれど恐怖と不安の中、村井さんの本のおかげで希望を得られた。

面識もやり取りをしたこともないのに、いきなり本音を綴ったメールを村井さんに送ってしまった。村井さんからは、丁寧で優しい返事が来て、また泣いた。


別にひとり、不安が吐露できた相手がいる。

五十代の知人男性、Ｃさんだ。

アダルト業界にいるＣさんとは、年に何度か、イベント等で顔を合わせるぐらいの関係ではあったが、コロナ禍でここ数年は会っていなかった。

共通の友人とのやり取りで、そういえばＣさんも、数年前、仕事中に心臓で倒れたことがあるのを思い出した。今はもうすっかり元気になり、酒も煙草もやって仕事もバリバリこなしている。

なんとなく、Ｃさんと連絡を取りたくなり、今の私の状況をメールしたら、返事が返ってきて、そのあと何度か励ましてもらった。

村井さんとＣさん、このふたりの存在は、救いだった。

それぞれ病名や症状は違うにしろ、同じ恐怖を味わった人たちが、今、現在、元気に暮らしているということが、私の希望だった。

入院中は、本当に、希望しかいらない。

「元気ですか」と
聞く人は
「元気です」しか
聞きたくないから。

夫のいる家に帰りたくない女たち

大部屋はやはりそれなりにストレスだった。

「私、窓際がよかったのに！」と騒いだBさんだが、部屋に来たその夜、十時に消灯したのに、テレビをつけていた。

テレビを見るのはいいけど、音がダダ洩れだ。なぜイヤホンを着けない？

私は早々に寝たかったので、ちょっとイラついた。

翌日も同じことをしたら、看護師さんに言おうと考えていたが、消灯後のテレビはこの日だけだった。

Aさんも Bさんも、しょっちゅう電話をかけたりかかってきたりで、病室には着信音が大音響で鳴り響く。そして大声で喋るから、内容が丸聞こえだ。個人情報もへったくれもない。住んでるところもだいたいわかる。私がもしも詐欺師なら、ターゲットにする。

ICUから一般病棟に移る際に、「個室は電話での会話はOKだけど、大部屋では控えてください」と言われたし、そう書いてある紙も廊下に貼ってあったのを見たが、ふたりとも完全無視だ。

というか、常識として、公共の空間では着信音て切るもんだし、もし会話をするにしても、小声でひそひそ、なるべく早めに終わらすものじゃないのか。長話したければ、外に出たらお茶などをできる公共スペースがある。

しかしおかまいなしに、一日に何度も電話しまくるし、Aさんのほうはかかってくる回数も多い。

そしてふたりとも、電話の相手は、ほぼ娘だ。病院に差し入れして欲しいもの、愚痴、自分が留守の間の頼み事あれこれを、一日に何度も娘と話している。

私などは、「**そんなんメールでええんちゃあうん?**」と思ってしまうのだが、AさんもBさんも、メールができないのか、めんどくさいのか、すべて電話で伝達している。

そして着信音が、大きい。声もでかい。

私は入院中はスマホの音はすべて切っていたが、なぜ彼女たちはそれをしないのか。

落語会やお芝居、講演会、映画を観に行くと、事前に「携帯電話、スマートフォンの電源をお切りください」とアナウンスがあっても、演者が事前に伝えても、いざはじまってから鳴らす人というのは、よくいる。

それで他の観客も、演者もイラッとするし、その場が台無しになってしまう。

SNSでも、この「携帯、スマホの音を鳴らす観客への苦言」は、よく話題になる。

でも、絶対にいる。

Aさんや Bさん（うちのオカンと同世代、おそらく七十代）、それ以上の年代の人たちは、そもそも「音を鳴らさない」という発想がないのか、何度注意を受けても気にしないのか、あるいは音を切ってバイブレーション機能にするやり方を知らないのか、バイブ機能だと着信に気づかないのか。

耳が遠いのかもしれないし、もしかしたら「電話は大きな音で鳴らすもの」という固定観念が抜けないのかもしれない。かつて携帯電話なんて存在しない時代、固定電話は、家じゅうに聞こえるように音は大きかった。

私などは、つい「**他人の目**」が気になってしまうけれど、この人たちにしたら、電話の着信音が大きいのは当たり前だから、他人に迷惑をかけているという発想もないのかも。感覚が、違うのだ。

バスや電車の公共交通機関でも、お年寄りの電話が大きく鳴り、その場で話し始めるというのはよく見る光景だが、「着信を見て、あとでかけ直す」という発想がそもそもないんじゃないか。彼ら彼女らにとって、スマホも携帯も、「昭和の自宅の電話機」と同じなのかもしれない。


それにしても、ふたりとも娘に頼み事をしまくっているが、そこには「男」の気配がない。どうやらAさんには娘がふたりいて、夫もいるようだ。娘はひとりは結婚していて、ひとりは独身。


Bさんはひとり暮らしと言っているので、夫はいないが、やはり娘がいて結婚している。

ふたりとも娘に頼み事をしまくっているが、これが娘不在で、息子なら、どうするのだろう。「息子の妻」つまり「嫁」にあれこれ頼むのか。


そしてAさんは、主治医に「退院して自宅に帰ったら、主人とふたりなんですけど、負担にしかならないんです。何もできないし、してくれないし、すべて私がしないといけないから、病状が悪化します」と、早期退院できないと訴えている。

娘にも「**あの人はお荷物にしかならない。何もしないどころか邪魔だ**」と言っていた。

ここまでぞんざいに「お荷物」扱いされる夫の顔が見てみたい。

Aさんは入院中、夫らしき人と会話している様子は皆無だった。すべて電話の相手は、娘だ。

娘や医者相手に、いかに自分の夫が役に立たないか、邪魔であるかを何度も訴え、結局、退院後は独身の娘の家でしばらく世話になると言っていた。

「男子厨房に入らず」「家事は女の仕事」「男が女を養い、女は男の身の回りの世話をする」という価値観が、仕事を引退したあとで、家のことも自分のことも何もできない、妻や娘にも「役立たずの邪魔物」「お荷物」扱いされる男を大量に生み出してしまったのだというのを痛感した。

夫が退院を
待ち侘びているのは
妻ではなく
なんでもしてくれる
「お母さん」。

女の負担が多すぎる問題

同部屋の、うちのオカン世代（おそらく七十代）のAさんとBさんの話の続きだ。

ふたりとも、一日に何度も電話をかけたりかかってきたりで、娘と話して、入院中、退院後のあれこれを娘に指示している。

聞いてて、「娘、大変だな」と思った。娘、負担大きすぎ。

Bさんが、自宅のベランダの花の水やりを娘が怠ったので、花が枯れてしまったと、大声で怒っているのを聞いて、「いや、だから、娘だって忙しいんだって」と娘に同情した。

仕事して自分ちの家事をして子育てして、毎日母親のいる病院に行き衣類等の交換をし、その上で母の留守宅の植物の世話までしないといけないのか。

もしもこれが娘ではなく、息子しかいなかったら、彼女たちはここまで頼るだろうか。

娘だから、女だから、身の回りの世話を当たり前にさせている気がしてならなかった。


つい私の実家のことも考えてしまう。

兵庫県北部の田舎で、今は両親はふたりで暮らしている。地元に妹たちがいるが、それぞれ結婚して子どももいて、仕事もしていて忙しい。

親に何かあったらどうするんだろうという心配は、常にある。

車がないと移動できない田舎で、徒歩圏内にはコンビニもスーパーもない。

近年、同世代の女の友人と会うと、親の介護について話す機会が増えた。周りを見渡すと、「独身の娘」に負担がかかっていることが多い。うちならば、独身じゃないけれど子どもがおらず、フリーランスの仕事をしている私が一番動けるが、距離があるし、実家に戻ると仕事ができない。だからといって、妹に負担をかけたくはない。

親の介護問題で、きょうだい間の仲が悪くなった話は、よく耳にする。

結婚していると、この「親の介護問題」が二倍になる。同世代の独身の女友だちが「以前は、結婚してパートナーが欲しかったけれど、今はひとりがいい。だってこの年齢で結婚したら、もれなく相手の親の介護問題ものしかかってくるから」と言っていて、なるほどなとも思った。

当たり前だが、結婚しても、同時には死なない。

どちらかが先に死んで、どちらかが残される。

よく「ひとりで死にたくないから結婚したい」という人もいるけれど、結婚したって、子どもは出ていくし、同時に死ぬことなんてないんだから、最終的にはひとり残される。

誰だって、老いたら「ひとり」になる可能性が高い。

そのとき、どうして生きていくのだろうか。

お手伝いさんを雇えるほどお金がある人はいいだろうけれど、ほとんどの人はそんな経済力はない。

Aさんが、自分の夫を、あまりにも邪険に「役立たず」扱いして人に愚痴りまくる様子を見て、もしも自分に男の子どもがいたならば、「最低限、自分で自分の身の回りのことができるように、他人がしてくれると思わないように」育てるべきだなと考えていた。女の子だって、同じだけど。

そうじゃないと、老いてから、これだけゴミ扱いされるのかとゾッとする。

きっとAさんの夫だとて、若いときは一生懸命仕事して稼いで、家族を支えてきたのだろうけれども。

あなたはどうやって死にますか。
人間として死ぬか、ゴミとして死ぬか。

それ、セルフネグレクトです

「セルフネグレクト」という言葉はもちろん知っていたけれど、自分がまさにこれだと毎日病床で考えていた。

今回、倒れるはめになったのは、すべての不調を更年期障害のせいにして放置していた結果だから自業自得なのだが、思えばずっとなんらかの予兆はあった。

でも、「年だからしゃあない」で済ませていた。

老いを受け入れて達観した気になっていたのだ。その結果、糖尿病と高血圧という生活習慣病もダブルでくらい、心不全で死にかけた。

アホか。

健康だけが取り柄のはずで、大病したこともなかったし、入院も一生しない気がしていた。それは大きな勘違いだった。

血圧が高いのは、十年以上前に指摘されたことがあり、そのときは血圧計を購入したりしていたが、いつのまにか測らなくなり、血圧計もどこかに行ってしまった。

最近はなんとなく不調だからと、「血圧が下がるお茶」などを通販で購入して飲んでいた。

だから、それどころじゃないって！　という話だ。

お茶より病院行けよ！

でも、自分の中で、どこか、「子どももいないし、五十歳を過ぎたし、特にこれからやりたいこともないし」という、生きることを放棄していた気持ちはあったのだ。

長生きしたって、仕方がないのだと。

二〇二〇年に、『京都に女王と呼ばれた作家がいた』という、ミステリー作家・山村美紗の評伝を刊行した。「これを出すまでは、絶対に死ねない」と思っていた本だった。

さまざまな制約や逆風のもと、なんとか刊行し終え、私は別件の仕事上のことで、自尊心がボロボロになり軽い鬱状態になった。出版の世界に自分の居場所はないのだということを思い知らされて、「もう、いいかな。生きていてもしょうがないな」と、コロナ禍の芸能人の自殺の連鎖も相まって、久しぶりに軽い希死念慮が現れていた。「死にたい」と思ってもいたが、本当に軽いものだったので、数ヶ月するとわりと元気になった。

まだまだ仕事がしたかった。

でも、どこか抜け殻のようにはなっていた。

自分など、必要とされていないのだし、長生きしてもしんどいだけだなと感じていた。

本も五十冊ほど出したけれど、これから先、ベストセラーになって売れるということもなさそうで、「若い読者向けの作品を、若い作家を」求めている編集者たちの話などを耳にすると、若くもないし、若い人向けの作品など書けない自分はいらないのだなんて、考えてしまう。

今思えば、それも極端な話だけど、ネガティブにしか考えられなかった。

自分の作品なんて求められていないし、誰も読んでいないのだ。だから私が死んでも悲しむ人なんていないとまで思っていた。むしろ、バカで目障りな女が死んだと喜ばれるかもしれない。

だから、倒れて病院に運ばれたときに、「死ぬかも」と、意識朦朧として、「もういいかな」なんて考えてしまった。

私は自分ではずっと気づかなかったけれど、生きることをとっくに諦めていて、その結果、**自分自身を粗末に扱っていた。**

そこまで仕事のことでネガティブになってしまうのは、**仕事に依存し過ぎていた**からだとも思う。

ずっと劣等感の塊で、自分に自信がない、生きている価値がないと思っていた自分が、生きようと思ったのは、小説家になれたからだ。

仕事がある限りは生きていられる、仕事が無ければ自分の存在価値などないと思っていた。だから、「仕事」というパズルのピースが、ひとつ、ふたつと、いくつか零れ落ちてしまうと、昔のように「生きている価値がない」自分に戻ってしまう。

若い頃は、男に依存して、小説家になり、そこから脱することができたと思っていたが、その代わりに仕事に依存していた。

私は私、人と比較なんてしない。そんなふうに自信に溢れた生き方は、死ぬまでできそうにない。

自分の弱さを人に見せないように、必死だった。舐《な》められたくない、見下されたくない、バカにされたくないとも、ずっと思っていた。

仕事は断りたくなかったし、無理をしてでも引き受けた。

二十代で男に騙《だま》され消費者金融の借金を背負ってから、ずっと人の二倍、仕事をして生きてきた。小説家になってから、それで不眠症になり、今でも薬無しでは眠れない。

以前ほど、依頼もなく、仕事はこのところ忙しくなく時間に余裕はできていたが、それでも心はどっぷり仕事に依存していたのだ。

何かに依存しないと生きていけないなんて、脆弱な人間だ。

でも、しょうがない。

そういう人間なのだから、弱いなりに模索していくしかない。

とりあえず、自分を粗末にしていたバチがあたって、死にそうになったけど、死ななかった。

死ななかったら、生きていくしかない。

生きるためには、自分を大切にしないといけない。

何かに依存しながらでも、自分を守って、生きていく術を探す。

何かに依存しないと、人は生きていられない。
それは人だったり、仕事だったり、
恋だったり、セックスだったり。

これから先「生きる」ための手帳

少し話は遡るが、ＩＣＵのひとり部屋に移った際に、様々な書類をもらったり、サインしたりした。

そのときに、『心不全手帳』と『心不全記録手帳』も渡された。

こんな「手帳」があるなんて、今まで全く知らなかった。

自分が病人だとダメ押しされた気分になった。

いや、だから、病人やっちゅうに。

『心不全手帳』には、「心不全とうまくつきあっていくために」、まず病気の説明、体調管理、薬、食事、運動などについて、わかりやすく書いてある。

「あとでよく読んでおいてください」と言われたが、当初は自分が病気だということと向き合うのが怖くて、開く気にならなかった。

ちなみにここには「**夫婦生活について**」という項目がある。

夫婦生活……どうもセックスのことらしい。

自分も含めて、周りの既婚者のあいだでは「夫婦でやりまくってるよ！」という話よりも、

「どれだけしてないか」セックスレス話のほうがたくさん聞くので、一瞬「夫婦生活」って何？と思ってしまった。

「心不全」を患った人のセックス事情については気になるところだが、この手帳の内容や、ネットで検索した情報も、どうも男性について書かれているものしか見かけなかった。とりあえずバイアグラはNG、激しい運動は心臓に負担がかかるとある。

女性はどうなんだろう？　激しい運動とはいっても、男性ほどは心臓に負担はかからない気がするのだが。

心臓に病を抱えている周りの人の話を聞くと、リハビリを経て、普通にセックスはしているようだ。心臓に負担が来るほどの「激しい」行為じゃなければいいのか。そこまでの激しいセックスって、若い人ならともかく、私以上の年代になると、そもそも体力がついていかない気がする。いや、身体鍛えて体力つけて、やりまくってる人も知ってはいるけど。

年を取ると、たとえ性欲があっても、身体が元気じゃないと、セックスを思う存分楽しめないのかもしれない。

『心不全記録手帳』は、自分で記入する冊子で、体重と息切れの有無、血圧と脈拍、薬を飲んでいるかどうかなどを毎日記録するためのものだ。

入院中は看護師さんに記録・管理してもらっていたので、これは退院してから使った。毎朝晩、体重と血圧を測り記録し、手帳に記入欄はないけどパルスオキシメーターで酸素飽和度をチェックしている。月に一度の通院時にこの手帳を持参して、主治医に見せている。

毎日体重を測ることがなぜ必要なのかというと、急激な体重の増加は、「食べすぎで太っちゃった〜」というよりも、心臓が悪くなっているシグナルなのだ。

入院の前の夜、脚のむくみがひどかった。それまでもマッサージに行くたびに「むくんでますね」と言われたが、放置してきた。「座りっぱなしの仕事だからむくみやすいんだな」と思っていたが、心臓の動きが鈍くなり、ポンプの機能を果たしておらず水分が溜まっていたのだ。着圧ソックス履いてる場合じゃなかった。私のバカバカ！

入院中に七キロ、体重が減ったことは前に記した。脂肪じゃなくて溜まっていた水分だ。

ついでに書くと、入院してから飲み物の量は全て記録されているが、これは「急激に水分を大量にとるのは心臓に負担がかかる」ための制限らしい。つまり、よく「水をたくさん飲むと痩せる！」というが、「ダイエットしなきゃ〜」と、ガブガブ一気に水分を摂取するのは、心臓が悪い者にとっては命を縮めることでもあるのだ。水なんて、飲めば飲むほど身体にいいのだと信じていたのに。

知らず知らずのうちに、心臓を悪化させるようなことばかりしていた。

あと、手帳には毎日の記録に備考欄があるのだが、退院後、ここに私は一日に何歩歩いたとか運動の記録をメモしている。腕時計は血圧と酸素濃度、睡眠、歩数と消費カロリーが記録される機能がついている時計に変えた。

他にもいろいろ書類をもらったが、「せん妄について」の説明書もあった。

「せん妄」という言葉を意識したのは、わりと最近だ。医師が手術後の女性にわいせつ行為をしたという女性の訴えによる裁判がニュースになってからだ。

医療現場にいる人たちなどに聞くと、この「せん妄」は、珍しくないことらしい。主治医は毎朝、回診で私のベッドのところまで来てくれるけれど、ひとりのときはなかったのは、この裁判の件があるからなのかなとも、ふと思った。

入院していると、喚く人や、同室のBさんのように、常に文句や愚痴を言っている人たちだらけで、それが結構なストレスになっている。

ただ、みんな「せん妄」とまではいかなくても、病気で頭も心も普段通りではなくなっているのかもしれない。

私は「入院は一週間から二週間」と言われていたし、手術もせずに済んだので、とにかく我慢するしかないと、おとなしく優等生な患者でいたが、これが「いつ退院できるかわからない」と言われていたら、冷静ではいられなかったはずだ。それでもときどき不安で泣いたりと、精神状態は決してよくはなかったと思う。

ちなみに**心不全は、再入院率がとても高い**上に、五年生存率が五十%、つまり半分だ。

今現在、薬を飲み、規則正しい生活とバランスのとれた食事を心がけてはいるが、いつ、また倒れたら、という不安からは逃れられない。

とりあえず、五年後まで生きられたら、と考えながら日常を過ごしている。

目標は、五年後、つまり「五十六歳まで生きる」だ。

五年後のわたしが
生きているために、
五年間わたしが
生きていくために、
ただ、できることをやる。

お世話になった人たちへ

入院生活六日目。

入院は一週間から二週間と最初に言われていたが、どうも一週間では無理そうだなとは察していた。

この頃になると、毎朝の手足のむくみもなくなって、身体はだいぶ楽になっていた。

主治医に呼ばれ、同じフロアの別室で説明を受ける。

初めて車椅子ではなく、自分の足で歩いて病室を出たが、ふらつきはなかった。歩いたのは十五メートルほどの距離だが、病室内のトイレまでぐらいしか徒歩移動してなかったので、不思議な感覚だ。

検査結果や心臓の映像を見せられ、「だいぶ心臓が動くようになりました。ただ、まだ動きが鈍いんです。これは心臓カテーテル検査をやったほうがいい」と言われた。

心臓カテーテル検査については、前にも話が出て、とっととすればええやんと思ってはいた。しかし血管に管を入れるという検査で、リスクもあるのだと説明があり、そのために家族にも連絡しますと言われた。そうか、万が一のことがあるから、家族にも事前に承諾をとるのか。

大ごとやん……。と、改めて自分が大変なことになっているのを自覚する。

ただ、「心臓カテーテル検査で、何もなければ、退院できます」と言われ、やっと希望が見えた気がしてホッとした。

退院！　その言葉だけでテンションが上がるが、あくまで「何もなければ」だ。

病室に戻ると、相変わらず、同室のAさんとBさんが、喋りまくっている。そしてAさんの夫が「何もしない、お荷物。だから家に帰れない」と愚痴も続いている。

それにしても、頭が痒い。

入院してから、まだ髪の毛を洗っておらず、自分の頭を触るのも嫌になっていて、髪の毛はゴワゴワだ。

ご飯は美味しいし、iPadのおかげで読書もできて入院生活にも慣れてきたが、シャンプーができないことが不満だった。

世の中には、風呂嫌いで、一週間に一度ぐらいしか入らない、髪の毛だってそんな頻度でしか洗わないという人がいるらしいが、私は耐えられない。とにかく毎日風呂に入って髪の毛を洗いたい。

シャワーを浴びるのも心臓に負担がかかるから、すぐには入れないのだと言われていたが、そのためにも元気になりたい。

けれど、毎朝毎晩測る血圧の数値が、たまに高く出るので、げんなりしていた。

私は一生、ここから出られないいんじゃないかと、落ち込む。

とにかく早く元気になり、風呂に入り、退院したい。

頭の中は元気だし、自覚症状のある不調はないから、なおさらそう思っていた。

自分ではどうにもならないことなのだ。それがひどくもどかしかった。

ただＩＣＵにいたときよりも、看護師さんが様子を見に来る回数が減っている。つまりは回復に向かっているのは間違いないのだろう。

だから黙って従って、「待つ」しかできない。

あと、今回、自覚したのだが、私はやっぱり人の顔と名前を覚えられない。

以前から、パーティ等、人の集まる場所に行くと、「お久しぶりです」と挨拶をされ、「えーっと、誰だっけ？　全く覚えてないんだけど」と内心困ることが、しょっちゅうあった。

ＳＮＳで、「一度お会いした○○です！」とメッセージが来ても、「**誰？　知らん？**」ということも、よくある。

毎日、複数の看護師さんが来て数値を記録したりしてくれる。水分の量を管理されていたので、飲み物が欲しいときも看護師さんに頼んで持ってきてもらわないといけない。そして夕方になると、夜勤の看護師さんが「担当変わります」と挨拶に来てくれる。

看護師さんの顔と名前を、全く覚えられなかった。

とりあえず主治医の先生だけは把握していたけど、他の人は記憶できない。

マスクで顔の半分が隠れているのも大きいだろう。「若い女の人が多かった」という印象しかない。もちろん男性の看護師さんもいたが、やはり把握していない。

以前、看護師さんが、退院した元患者にストーカーされたという怖い話を聞いたことがあるのだが、マスクで顔を半分隠すというのは、そういった歪んだ恋愛感情を生み出さないようにする対策にもなるかもとふと考えた。

「個人」の気配がマスクで薄まるのは、悪いことばかりではないんじゃないか。

入院中、看護師さんたちには、本当にお世話になって感謝しているが、すいません、やっぱり誰ひとり、顔も名前も覚えてません。

生きているだけで
多くの人のお世話になる。
そのほとんどを
人は覚えていない。
覚える気もない。

実録！　幽霊は本当にいるのか

入院中に、やりたいことがあった。

病院にいるからこそ、できることが。

それは「怪談」を聞くことだ。

私は官能や性愛などの小説を書いているが、ときどき怖い系のホラーや怪談も手掛け、本も何冊か出している。

「実話怪談」といわれる、実際にあったとされる怪異譚を書くという依頼も、ときどき来る。書くだけではなく、人前で話しもする。怪談を語る会に何度か呼ばれ、イベントに出たり、ラジオやテレビにも出演したことがある。

夏前、つまりは春ごろには、怖い系の仕事が増える。

入院する少し前にも、ラジオの怪談番組の出演依頼があって、引き受けていた。

しかし、実のところ、私は霊感皆無だし、幽霊を見たこともない。スピリチュアルや心霊現象には、かなり懐疑的だ。説明のつかない不思議な体験というのはあるけれど、「**幽霊見た！**」「**怪異現象だ！**」という経験は、ない。

正直、幽霊というのは、生きてる人の未練や執着が見せる、つまりは人の脳内で生み出されるものがほとんどだとは思っている。そういう考えのせいか、正直、ほとんどの怪談話を怖いとも感じなくて、心霊スポットのような場所に行くのもわりと平気だ。

幽霊の存在は疑うけれど、人間がなぜ幽霊というものを生み出すか、そこにある未練や執着などの「念」には、とても興味がある。

そういうのを調べたり聞いたりするうちに、仕事になっていた。

でも、幽霊を見る機会は全くなくて、たぶん、このまま見ずに死ぬのだろう。

ついでに言うと、うちの両親も妹弟も、同じく霊感皆無だ。

知り合いに怪談を聞いて集め、それを仕事にしている人たちが、何人かいる。

怪談、特に「実話怪談」というジャンルは大人気で、夏になると怪談会があちこちで開催され、YouTubeの怪談語りもたくさんあるし、実話怪談の本も毎年すごい勢いで出版されている。

病院というのは、怪談の定番だ。

たくさん人が亡くなっている場所だから、怪談にはよく登場する。

だからこの機会に、看護師さんやお医者さんに何か怪談ネタを聞けないか、自分でも体験できないかなんて、不謹慎なことを考えていたのだが……。


結局、収穫はゼロだった。

日々、来てくれる看護師さんやお医者さんに、「幽霊や、不思議な話ないですか？」なんて聞ける雰囲気じゃない。いきなりそんなん聞いたら、びっくりされるだろう。

もともと私がそういうものを書く物書きだと明かしていたら、会話の糸口もあるだろうが、めんどくさいからと仕事に関しては「家で文章を書いてる仕事」以外の話をしていなかった。

そもそもやっぱり、毎日人が亡くなってる場所だからこそ、かなり不謹慎で、不快にさせてしまうおそれがある。

特にコロナ禍で、医療従事者は大変だし、幽霊どころじゃない。

それこそ「幽霊より、コロナのほうが怖いです」と言われそうだ。

じゃあ、自分が体験を……とも考えたが、たとえば夜中に病棟を徘徊していたら、看護師さんに不審がられるのは間違いない。見通しのいいナースセンターがフロアのど真ん中にあるので、うろうろしてたら絶対に見つかる。

そんなときに、「何してるんですか」と問われて、「いや、お化けいないかなと思って」なんて口にしたら、頭の中を心配される。

そもそも、私は、毎晩九時過ぎに睡眠薬を飲んで、眠っていた。朝は四時頃に目が覚める。

おそらく、もしも幽霊が出るなら夜中のはずだが、その時間帯には熟睡していた。

結局、怪異現象など全くなく、怪談収集は失敗に終わった。

たぶん、幽霊なんて、いないんだよ……と言ったら怒られるだろうが、入院して意識消えかけて「**あ、死ぬな**」**と思ったときも、死後の世界はただ闇だけで何もない**んだと感じたので、やっぱり私は今後も幽霊など見ない。

「幽霊が見えます！」という人を否定はしないけど、見えるより見えないほうが、楽に暮らせるのは間違いない。

もしも幽霊がいて、いちいちそれが見えていたら、入院生活なんてやってられない。

退院してから、出演するラジオ番組の事前のアンケートに、「最近あった怖い出来事は何ですか」と質問があって、怪異現象とか、そういうのを求められてるんだろうなとは承知しながらも、「緊急入院して死にかけたこと」と正直に書いた。

それ以上に、怖いことはない。

幽霊より怖いこと、
それは死ぬこと。

親切なつもりの素人アドバイスはお断り

ストレスは身体によくない。

入院してから、わかりやすく身体に表れる。胸の鼓動が激しくなり、脈が早まる。

そのたびに、「怖い」と思う。

今度こそ心臓が止まるんじゃないか、と。

入院中、同室のおばさんの愚痴やらで多少のストレスはあったけれど、一番きつかったのは、「親切のつもりのアドバイス」メールだった。

私がSNSで病名を書かなかったのは、お見舞いと称した親切のつもりの素人アドバイス、いや、素人じゃなくても「こうしたほうがいい」「これをやってはいけない」「私の知り合いが同じ病名だから云々」みたいに、あれしろこれやるな言われるのが嫌だったからだ。

毎日、主治医に診察してもらい、その指示に従って、薬も飲んでいる。

病院のベッドの上で、それ以上、何をすることがあるのかと、少し考えたらわかるものだけれど、世の中には、なぜか私の主治医以上に私の症状をわかった気になり「親切」したがる人たちがいる。

会ったこともない、誰かわからん人なのに。

SNSでは病名を書かなかったけれど、連載しているメールマガジンは休むことになるし、有料でクローズな場所だし、憶測を呼ぶからと、「心不全」で入院ということは連載中の媒体では伝えてもらった。

そしたら読者からお見舞いメールが来た。「お大事に」のお見舞いメールはいいけれど、二通ほど、懸念していた内容のものがあった。

ひとつは私が「やっと自力でトイレ行けるようになった」「早く風呂入りたい」とTwitter

でつぶやいているのを見て「**動きたくてたまらないようですが、その状態で動いて死んだ人を何人も知っています！**」という内容だ。

自力でトイレに行ったのは、もちろん主治医の許可が出たからだ。そして風呂に入りたいとは言っているけれど、願望を書いてるだけで我慢してる。それだけで、なんで「死んだ人を何人も知っています」、つまりは「お前、死ぬぞ」という脅しを受けなきゃいけないのだ。

「**死」という言葉を使われて、頭に血が上った。**しかも面識もない、知らない人に、何がわかるというんだろう。お前は超能力者か、神様なのか。

ネット上では、ときどきこういう距離感のおかしな人が何やら言ってくる。こちらを知った気になって、一線を踏み越えてくる人が。

「死」という言葉を使われたことには、自分でも嫌になるくらい打撃を受けた。死ぬぞ、と脅されている気がして、悔しさと不安と怒りとで、「数値上がって病状悪化したら、これのせいだ」と思っていた。


そしてもう一通は、「**花房さんは太ってるから、食べ物気をつけましょう。**○○とか○○食べるといいですよ」というメールだ。

太ってるのは承知しているけれど、面識もない、よく知らない人に対して、いきなり体形のことを忠告する無神経さが理解できない。それに私は現在進行形で病院で、栄養士さん監修のバランスのいい食事をとり、退院後の食事指導も受けていた。

親しい友人たちは、こんな「素人アドバイス」は、絶対にしない。どういうことを言われたら嫌だとか、病人に言っていいことと悪いことの区別がついてるからだ。

結局のところ、こういった「無責任な素人アドバイス」を平気で送りつけてくる人は、私のことを心配している気になって、そんな親切な自分に酔っている、自分だけ気持ちがよくなっているだけだ。

きっと本人たちは、**「親切のつもりなのに、何を言うんだ。この女はひどい」**と言うだろう。

でも、あなたたちのやってることは、オナニーです。オナニーアドバイスです。

自分が気持ちよくなってるだけです。他人を巻き込まないでください。私はあなたたちの「親切な自分」に酔う道具にされたくない。

たぶん、普段なら、こういうメールも読み流していたし、ここまで頭に血は上らなかったはずだ。

けれど、いつ退院できるかもはっきりせず、髪の毛を洗っていなくて不快な状態で、不安でたまらないけれど、とりあえず知人などには「元気だ」と言い続けてきた私の神経に、「死」という言葉を使った「アドバイス」は、凶器だった。

「私の知り合いも心不全で〜」とも言われたが、**お前の知り合いは私じゃない**。同じ病名だって、症状は人それぞれだ。私は私を直接診察してくれてる主治医の言うこと以外は聞きたくない。「親切なつもりのオナニーアドバイス」は、入院中、暴力でしかなかった。

やっぱり病名を親しい知人以外に早々に伝えるべきじゃなかったと後悔した。

とりあえず、SNSには書かなくて正解だった。

SNSに書いたら、もっと親切オナニーが好きな連中の餌食になっていたに違いない。

世界を憎悪しかけたぐらい、怒りで沸きたった。

そのせいか、なかなか血圧が下がらず、さらに憂鬱になった。


退院してから、子どもを産んだ経験がある女性編集者にこの話をすると、「妊娠したとき、アドバイス、すごくされました」と、言われた。

帝王切開は駄目だ、やっぱりお腹を痛めた子だから我が子だという実感があるだの、無痛分娩なんて不自然だの、ミルクは子どもが可哀そうだの母乳じゃないとあかんだの、ああしろこうしろと、「経験者」たちから、怒濤のようにいろんな「アドバイス」を受けるのだと。

確かに、妊婦さんは、私の比じゃないぐらい、いろんなことを言われるだろうと思うと、心底気の毒になった。

でも、「素人アドバイス」、きっと自分も今までやっていたとも思う。

言いたいことがあっても、それは本当に相手のためなのか、考えてから口に出すべきだと自分を戒めた。

アドバイスのほとんどは
その人が気持ちよくなるための
オナニーアドバイスです。

死のフィルターを通して生きる

iPadが来てから、読書できるようになり、いろいろ本を読んでいたが、なんとなく山田風太郎の『人間臨終図巻』を開いた。

血圧測ったりだの検診だので、ベッドのあるスペースにも、わりと人が出たり入ったりするのだが、電子書籍は外から中身がわからなくて幸いだ。

入院中の患者が、『人間臨終図巻』というタイトルの本を読んでいたら、看護師さんに心配されるかも……なんてのは、気にし過ぎだろうか。

山田風太郎は、同じ故郷で、高校も一緒で、強く影響を受けた作家だ。

『人間臨終図巻』は、古今東西の名のある人たちの「死に方」を、年代別に山田風太郎の視点で書いたもので、紙の本も持っていて何度か繰り返し読んでいたけれど、資料的な使い方をするために電子書籍で購入もしていた。

「十代で亡くなった人」の項目から、読み始めた。

四十代、五十代となると、他人事ではなくなる。今までと読み方が違うのは、病名だ。

山田風太郎は、親も叔父も医者で、本人も東京医学専門学校（現・東京医科大学）を卒業している。医者になるはずだったが、在学中に懸賞小説に応募してデビューした。

理系が全くダメな私には具体的なことはわからないが、『人間臨終図巻』にも、その医学の知識はきっと反映されていて、だからこそ説得力があるように思う。

若くして亡くなった人の中には、自死や事故もいるけれど、病死だって少なくない。自分と同じ「心不全」をはじめとした、心臓をやられて亡くなった人の項目を重点的に見てしまう。

そしてやっぱり病死の人たちは、亡くなる前に、何らかの兆候がある。

たぶん、若いから、まさか自分が突然死するとも思っていなくって放置していたのかもしれない。

全く他人事ではない。

あの人も、この人も、私と近い年齢で、突然死しているのか……と、兆候と死に方に重点的な視点をおいて読んだ

逆にいうと、事前に兆候があるなら、突然死を防ぎようもあるということだ。

私は兆候を見逃しはしたけれど、突然死する前に、繁華街で倒れてこうして生きのびられた。防げる死はある。

そのためには他人事だと思わないことだ。

『人間臨終図巻』を、自分に置き換えながら読むのは、初めてだった。

ただ、『人間臨終図巻』を読んでいて、「死」というものに対して、少しは冷静になれたとは感じた。

人は必ず死ぬ。

死は誰にでも公平に訪れる。

英雄だとて、庶民だとて、死からは逃れられない。

よく歴史の本を読むと、「辞世の句」というのが出てくるが、みんな死の際に、あんなに冷静に歌なんて詠めるものなのかは、すごく疑問だった。でも、今より簡単に人が死んだ昔は「死」に対する感覚も違うのかもしれない。

倒れて入院する前の日、私は和歌山の熊野三山のひとつ那智山にいた。その際に、補陀洛山

寺にも行った。補陀洛渡海に興味があったのだ。

補陀洛渡海とは、中世に行われた捨て身の行だ。行者が船に乗り、浄土を目指す。江戸時代には亡くなった行者の遺体を流すという形になったという。境内に補陀洛渡海に使われた船が展示してある。

そもそも、熊野という土地は、浄土の地とみなされ、「死」にゆかりの深い場所で、かつては貴族や天皇たちもたびたび訪れている。

私が熊野三山すべてにお参りして、補陀落渡海の地に行きたいと思ったのは、「死」に興味があるからだ。


ずっと「性」と共に「死」を描いてきた。

若い頃に、死にたいと強く願った時期が長くあって、でも自死することはできず、生き残ったが、生き残ったというよりは、死に損ねたという感覚がある。

けれど、熊野の地を訪れた翌日に、心臓の一部が動かなくなり救急車で運ばれ、「死」を実感して、それまで私が考えていた「死」は、全くもって他人事だったのだと、初めてわかった。

こんなことを書きながらも、結局私は死なずに済んだので、今だって、実はわかったつもりでいるだけの遠い出来事のような気もする。

山田風太郎の『人間臨終図巻』を読みながら、どう死ぬべきかとも考えていた。

時間が有限であることは、間違いない。

あとは、死ぬ準備だ。

どう死ぬかと考えることは、残りの人生、どう生きるかということだ。入院中から、今まで、ずっと考えている。

見える世界は、確かに変わってしまった。

退院してから、私はずっと「死」のフィルターを通してしか世の中を見られなくなった。

それは、たぶん、悪いことではないとは思っている。

一度死にかけたら
もう死にかける前の
世界には戻れない。
戻りたくない。

ポジティブに死を考える

引き続き、「死」について病院のベッドの上で考えていた。

他人事ではなくなってしまった「死」を。

そう書くと、すごくネガティブにとらえられてしまいそうだけど、どうせ間違いなく人間は死ぬのだから、今まで目をそらしていたその事実を、真正面から考える勇気が湧いたというのは、私からしたらものすごくポジティブだ。

いつ死ぬかは、自死でもしない限り自分では選べないが、自死するつもりは今のところない。ただ、「死に方」には、ある程度、選択肢があるように思える。なるべく周りに迷惑をかけず、自分もできるだけ納得できる形での「死に方」をするための努力も、できるのではないか、と。

私が病院のベッドの上で、そんなふうに考えていたのは、門賀《もんが》美央子さんの『死に方がわからない』（双葉社）を読んでいたからだ。

門賀さんは私と同い年、独身、子ども無し、きょうだい無し、彼女自身は関東で、親は大阪に住んでいる。順当にいけば、親より長く生きる。そうして彼女自身が亡くなったら、どうするのか。

自分が死んだら後のことなんて、どうでもいい！　という人もいるだろう。

私は、そうじゃないし、門賀さんだとてそうだ。

「**死に方がわからない**」と感じた門賀さんが、きれいさっぱり死んでいくために、さまざまな制度やサポート団体などを調べ取材し、「死に方」を模索するエッセイで、同い年だからこそ興味深く読んでいた。


ときどき「孤独死したくないから、結婚したい」という人がいるけど、不思議に思う。

だって結婚してても、同時には死なない。どっちかが取り残される。

子どもがいたって、自立して家を離れてる可能性が高いし、自立してもらわないと困る。

私は子どものいない既婚者だが、もしも子どもがいても、なるべく子どもの世話にはならずに死にたい。親の介護や亡くなったあとのややこしいアレコレで苦しんでいる人、たくさん見てるから。

夫は私より六歳上だ。おそらくは、私のほうが取り残される。ただ、今回、入院して自分の心臓が丈夫ではないことがわかってしまったので、また悪化して私が先に死ぬかもしれない。

どっちみち、お互い、ひとりになり、「孤独死」する可能性が高い。ふたりとも人づきあいが苦手で友人も少ないから、なおさらだ。

そんな話をすると、夫はいつも「俺が死んだら、道端に捨ててくれたらええで。迷惑かけたくないし」などと言うけれど、現実問題、そんなことをしたら私が死体遺棄で逮捕されてしまう。大迷惑だ。

すべての人間は、必ず死ぬし、孤独死する可能性が高い。

そこはどうしようもできないにしろ、生きている間に「死ぬ準備」をある程度はできる。しないといけない。するんだよ！

『死に方がわからない』を、読むと、行政によりさまざまなサービスをしているところもあるし、サポート団体だってある。

そりゃあ、そうだろう。少子化、結婚しない人たちが増え、離婚も増えて、「おひとりさま」がこれだけ溢れているのだもの。

私の実家のように、大家族で、家の近くにお墓があって、誰かが墓守をできる「家」は、これからどんどん少なくなる。そういううちだとて、子どもが全員、家を出ているので、将来的にはどうなるかわからない。

私自身は財産もたいしてないので、そちら方面の心配はしてないのだが、遺産のことできょうだいが揉めて絶縁する話などは、よく耳にする。家族を揉めごとに巻き込まないためにも、お金のことも生前にきちんとするべきだろう。

五十代で、「死に方」の話をすると、年上の人から「まだ若いんだから」と言われることがある。

いや、**あなたより若いかもしれないけれど、「死」はまだまだ先の話ではない。**

私が倒れる少し前、知人が「最近、五十代で突然死する知り合いが何人かいた」と言っていた。別の知人も、同じようなことを口にしていた。

その「死」は、事故であったり、自死であったり、病死であったり、さまざまだ。

でも、確かに、自分が倒れて改めてニュースや、周りの人たちの話を聞いても、「五十代の死」は、珍しいことではない。

今年に入ってからも、身近な人が若くして亡くなった報をいくつか耳にした。

入院する前は、「若いのに、かわいそう」ぐらいの感覚だったが、自分が倒れた今となっては、そのたびに恐怖を感じる。今回は助かったけれど、そう遠くない未来に死ぬかもしれないと。

もう今は、「人生はまだまだ長いんだから」なんてふうに、考えることはできなくなった。

だから常に、「死」の準備のつもりで、生きている。

死にたくはないし、死なないような努力はいる。

でも、残された人たちになるべく負担がかからないように、自分自身も悔いが残らないようにするには、どうするべきかと、「死に方」について、ずっと頭の中に置いている。

「死に方」を模索することは、これから「どう生きるか」を考えることでもある。

つまりは、とても前向きに自分の生き方を探っているのだ。

だから私は、入院する前よりも、今のほうが、ずっとポジティブになれた気がしている。

あなたはまだ
若いかもしれない。
けれど
いつかは必ず死ぬ。

死はファンタジーではない

入院中、村井理子さんの『兄の終い』(CCCメディアハウス)を、再読した。この本は、以前紙で買っていて読んではいたけれど、病院のベッドの上で、電子で改めて買い直した。

『兄の終い』は、琵琶湖のほとりに家族と暮らす村井さんに、ある夜、知らない番号から電話がかかってくるところからはじまる。東北の都市からの電話で、彼女の兄の死を告げる連絡だった。

すでに両親は亡くなって、兄は離婚をして小学生の息子とふたりで暮らしていた。五十代の兄の遺体を発見したのは、その息子だった。

大人の身内は、村井さんしかおらず、兄の死の始末をしなければならない。

この本は、「突然死」した兄の遺体を引き取り火葬し住んでいたアパートの片付けをして……という、考えただけでも大変な数日間を記したものだ。

また、この兄が、なかなか厄介だ。仕事が続かず、二度離婚をし、糖尿病、高血圧、心臓の病を患って、行政の世話にもなっていた。

母に懇願され村井さんがアパートの保証人になってはいたけれど、家賃を滞納し、つまりは村井さんは迷惑をかけられまくった兄の後始末をしないといけなくなったのだ。

火葬して、家を片付け荷物や家具を処分してと、**お金だってかかる**。

入院中に読み直して、これも「他人事じゃない……」と震えてしまった。

村井さんではなく、兄の側に私は近いと思ったのだ。糖尿病で高血圧で心臓の病って、まんま私だ。

心不全は五年後の生存率が癌より低いと聞いて不安になったが、結局のところ、薬を飲まなくなったり、通院をやめたり、食生活をはじめとした生活全般の改善をしなかったりする人が、悪化させてしまうのだとも聞いた。そういう人が、結構多いのだと。

それこそまさに「セルフネグレクト」だ。

確かに、周りを見渡すと、心不全に限らず、たとえば脳の病気や、アルコール依存症で倒れても、「病院なんて嫌いだ。医者の言うことなんて聞きたくない」と、治療を放棄している人の話を、ときどき耳にする。

血圧が高く倒れて医者に行って、降圧剤を処方されたけれど、「こんなの飲んでいるのは、年寄りになったみたいで嫌だ」と抵抗を示す人の話も聞いた。ちなみにその人は私より年齢が上だ。

もう二度と入院なんてしたくないし、死にたくない私は、医者の言うことをきちんと守って薬を飲んで通院もしているので、そういう「治療を放棄」している人たちの気持ちは、わからない。

もしかしたら、自分が病気であるという現実が怖いのだろうか、とも思う。

でも、私だとて、いつか何かが起こって、「もうどうなってもいい」と医者に行くのをやめるかもしれない。

若い頃は、今よりもっともっといい加減に生きていた。

男に騙され借金を抱えて、健康保険料も払えなかったので、保険証もなく、具合が悪くなっても我慢するしかなかった。

もしもあの頃、今と同じように思ってしまったら、私はたとえ一度病院に運ばれても、「保険証持ってないし、薬代払えないし」と、通院もしない可能性が高い。そしてそのまま悪化して、アパートで死んでいただろう。

若かったから、「病院に行かない」生活でも、なんとかなったのだけれど、危ないところだったとは思う。

そうして残された家族に「どうしようもないヤツだったな」と後片付けをさせて迷惑をかけるのが、目に見えている。

人が死ぬことは、ファンタジーではなく、現実だ。

遺体をどうする、葬式をどうする、残された部屋をどうする、という現実がついてまわる。

村井さんの『兄の終い』をあらためて読んで、現実を生きなければと思った。

私自身の死もだが、周りの人間の、死の現実も。

自分が年を取ったから当たり前だけど、家族以外の友人でも、「自分が死んだら」という話をする人が、このところ増えていた。周りには独り者も、多い。

家族や親戚ではないけれど、つながりのある人が亡くなってからの後始末に自分が関わることは、これから先、必ずあるだろう。

『兄の終い』にも、亡くなった兄の先妻が登場する。兄の息子の実の母ではあるものの、離婚したから兄とは他人のはずだが、村井さんと一緒にかつての夫の後始末に奮闘する姿が描かれる。

人のつながりは、浅いようで深く、簡単には絶ち切れない。

どこかで自分は誰かに迷惑をかけるかもしれないけれど、自分も誰かの迷惑を引き受けてしまうだろう。

どんなに自分はひとりのつもりでいても、他人と関わらずに人は生きることができない。

死ぬときは、なおさらだ。

人はひとりでは、死ねない。

ひとりでは、人は死ねない。
他人に迷惑をかける「現実」です。

たとえおっぱいが垂れたとて

入院七日目になった。

「今日、シャンプーできますよ。順番が来たら呼びに来ますね」と朝に告げられて、「やったぁあああああーーーーっ！！」と叫びたい気持ちを抑える。

髪の毛洗える！　嬉しい！　泣きそうになるほどの歓喜を覚え、こっそりガッツポーズをする。

この日は、検査がいくつかあり、入院して初めて違う病棟に行ったりもした。

移動は車椅子だ。歩けるのにとは内心思っていたが、ふらついて転んだりしたら危ないかららしい。

私はマスクを装着して車椅子に乗り、看護師さんと共にエレベーターに乗る。

さすが病院のエレベーターは、広い。ＩＣＵから一般病棟に移ったときもエレベーターを利用したはずだが、苦しかったので記憶にない。

「検査ではあるけど、気分転換になるでしょ」と看護師さんに言われ、「はい」と答えた。だってずっと同じ景色しかこの一週間、見てなかったもの。

レントゲンやらいくつか検査場に行くが、外来の患者さんがたくさんいるので、「久しぶりに人をたくさん見た」気分になった。小さい子どもが親に抱っこされているのを見て、甥や姪を思い出して心が和む。もっともうちの甥や姪は、もう大きくなってしまって抱っこなんかさせてくれないけど。

痛くない検査は面白かったし、ずっとベッドの上にいることに飽き飽きしていたから、楽しかった。とはいえ、結果が悪かったら、そんな能天気なこと思ってられない。

それにしても、マスクでよかった。外来の患者さんがたくさんいるところを車椅子で移動して、もしも知り合いとかに会ったら嫌だ。だってこの時点では、まだ髪の毛洗ってないし、化粧もしてないし。

そしてふと気になった。

心電図の計器を首からぶら下げ、何ヶ所か胸に計器とつながるシールみたいなものを貼り付けているので、入院してからずっとブラジャーをしていない。

おっぱいが垂れてしまうかもしれない……と心配して、いや、お前、それどころじゃないだろうと自分で自分に突っ込む。

化粧してない顔を知り合いに見られるのは嫌だとか、髪洗ってないからお見舞いNGで誰とも会わなくてラッキーとか、ブラジャーしてないからおっぱい垂れないかなとか、私はかなり自分が人の目を意識していることに気づく。

実は、救急車呼ばれた際も、そうだった。

バス停で具合が悪くなって、自分では救急車を呼べず、バス待ち客の整理をしている人が電話をかけてくれたのだが、その際に、年齢を聞かれた様子で、「えっと、年齢、わからないけど、たぶん四十代」と、その人が答えているのが耳に入り、「あ、若く見られた」なんて思ってしまったのだ。

息ができなくて救急車呼べないほど苦しいくせに、若く見られて喜ぶとか、なんなんだ！と、あとあと考えてアホかと思った。

検査から戻り、昼食を食べたあと、看護師さんが呼びに来てくれた。

シャワーではなく、美容院にあるような洗髪する台があって、そこに座って、髪の毛を洗ってもらった。

お湯がしゅるしゅると地肌にあたる。

気持ちいい……これ以上の快感はないんじゃないかというほど、気持ちがいい！

今でも思い出すだけで、「ああ……」と歓喜の声が出そうだ。

最高の気分だった。

髪の毛を洗ってもらったあと、「ドライヤー、自分でしてもいいし、私がやってもいいですよ」と問われたが、「自分でやります」と言って、鏡の前に立ち髪を乾かす。

髪の毛を洗うだけで、こんなに気分が高揚するなんて！

大騒ぎしたい気分だったが、もちろんおとなしくしている。

でもSNSでは、「髪洗った！」と喜びを叫んだ。

この日は、シーツ交換もあって、さらに快適だった。

清潔にするって、素晴らしい。

入院して自由に風呂に入れずという状況の中で、災害の被災者の人たちのことを考えずにはいられなかった。

毎年のように、地震や台風の被害を受けて、体育館等に避難する人たちの映像が流れ、それが当たり前になってもいる。でも、実際に避難している人たちは、家を失う恐怖、家族と会えない不安にくわえ、風呂に入れない状況で、どれだけしんどいのかと考える。毎日、風呂に入って髪の毛を洗えることは、決して当たり前じゃないのだ。

昼間は洗髪で、妙にハイではあったが、夜になると入院して一週間経って、私はこれから先どうなるのだろうかという不安がふと押し寄せてきた。

退院しても、また同じように発作が起きて、今度は死ぬかもしれない。

健康だと思い込んで生きていた、かつてと同じような生活はできない。

あなたのその健康は
気のせいかもしれない。
あなたはそのまま
死ぬのかもしれない。

お風呂に入りたい人は健康

入院して八日目。

救急車で運び込まれたのが、ちょうど一週間前だ。

よく眠れたのは、昨日、シャンプーをしてもらったからだろう。快適だ。

今日はシャワーの許可も出た。順番が来たら呼びに来ますね、と看護師さんに告げられる。

濡れタオルで毎日身体を拭いてはいたけれど、どうも清潔になった感じはしなくて、不快感が残っていた。だから全身を洗えるのは何よりうれしい。

相変わらず、食事は美味しい。減塩食ではあるのだけれど、生姜や柚子が利かせてあり、しみじみ味わえる。

食べながら退院後食事はどうしようかと考える。栄養バランスのとれた美味しい食事を三食出してもらう生活に慣れてしまうと、メニューを考えるのだけでもめんどくさい。

もともと、そんなにマメに食事を作っていたわけではないし、三食きちんと食べることもなかった。夫婦ふたり暮らしだが、食事は私、洗濯は夫、掃除は思いついたほうがするといった家事分担で、これは最初に取り決めたわけでもなんでもない。

夫はすさまじく料理のセンスのない人だった。どうしてこんなことするの？　食材を粗末にしないで！　と、家が農家である私からしたら泣きたくなるような気持ち悪いものを生み出したり、あと賞味期限に無頓着だ。

料理ができないとか、しないのではなく、センスがない。そういう人は、たまにいる。

私は夫の作った料理を食べたくないのと、私自身が料理は嫌いじゃないからと、自然に料理担当になった。

ただ、ふたりともフリーランスの仕事で、自分のペースがある。だから一緒にご飯を食べることは滅多になくて、白米は一気に炊いておいて一食分ごとに冷凍庫へ、おかずは作り置きして温めるだけの状態にして何種類か冷蔵庫に保存している。

私は料理以外の家事が嫌いなので、自然に洗濯は夫がするようになった。掃除もふたりともマメにしないのと物が多いので、部屋はなかなか汚い。

夫はひとり暮らしが長いはずなのだが、私以上に不摂生で、放っておいたら炭水化物ばかり食べている。

私自身が食生活を改善しないといけないのだから、家のご飯についても考える。

しかし、やっぱり自分に小さい子どもとかいなくて幸いだった。

子どもがいたら、もっと不安で心配で、食事のことも悩むだろう。

夫ひとりぐらい、どうにでもなる。いや、どうにかしてもらう。

退院後の心配は食事だけではない。

五月の中旬ではあったが、連日気温が高いと、ニュースで言っていた。病院で、二十四時間、気温と湿度が管理された場所にい続けているので、退院して外に出たら、京都の暑さや湿気に耐えられるのか心配になっていた。

京都は夏は暑いし湿度も高いし冬は寒いし、住みにくい。

昔は寒さや湿気は平気だったけれど、年を取るとともに、暑いのも寒いのも湿気も身体に堪《こた》えるようになってきた。理想は、夏は北海道で暮らし、冬は沖縄で暮らしたいが、そんな金銭的余裕などどこにもない。

果たして私は社会復帰できるのだろうか……と、一抹の不安を抱えながら空を見上げていた。

入院当初は管だらけだったが、この頃になると心電図計ぐらいで、身軽だった。けれど、両手の甲の点滴の針の痕が腫れて赤くなって、痛い。採血痕の青あざも目立つ。まるで喧嘩してボコボコにされたみたいだ。手の甲の腫れと青あざは、結局、退院して一週間後ぐらいまでは残っていた。

主治医が来て、部屋を出て別室に呼ばれ、心臓カテーテル検査のリスクについての説明をされ、同意書にサインする。

そういえば、村井理子さんの『更年期障害だと思ってたら重病だった話』にも、心臓カテーテル検査について書かれていたので、部屋に戻ってから読み返す。

看護師さんが呼びに来てくれて、念願のシャワータイム！

シャワー室には湯船もあったが、風呂は心臓に負担がかかるので、シャワーのみだ。病院なので、座ったまま使いやすい作りになっている。制限時間は三十分だが、シャワーだけなら余裕だろう。

私は服を脱ぎ、一週間ぶりに全裸になった。妙な感覚だ。

昨日洗髪はしたけれど、今日も髪を洗い、身体を隅々まで洗いまくる。

一週間ぶりのシャワー！　気分は最高！　清潔って気持ちがいい！

知り合いのＡＶ男優が、「モテるモテない以前に、女性に気持ち悪がられないために、一番簡単にできるのは清潔にすること」と言っていたが、それは本当にそうだ。

モテないのは、気持ち悪がられるのは、あなたの顔や体形云々以前に、不潔だからですよ、と言いたくなる人は、結構いる。

男性の中には「身の回りを清潔にする」ことに無頓着な人が、あまりにも多い。女にもそういう人はいる。

けれど、それは単に無頓着ではなくて、精神疾患を抱えている場合も多いので、簡単に「清潔にして」と誰かが注意して解決する問題でもないのだ。

そんな私だとて、二十代の頃、消費者金融に借金を抱え、連日男に暴言を吐かれて言葉を発することもできず、毎日「死にたい」と唱えていた時期は、今みたいに毎日ちゃんと風呂に入ったりなどしていなかった。
風呂に入りたいと思う気力があるのは、心が健康な証拠なのだ。

生きていくだけで
心配は山積み。
一日三食の献立だって
考えるだけで憂鬱になる。

ストレスからは全力で逃げる

シャワーを浴びて髪の毛を乾かして病室に戻った。
レンタルのパジャマも、新しいのを用意してもらえて、綺麗さっぱり快適だ。
病室に戻るが、検査のない日は、時間があって暇だ。

相変わらず、同室のAさんとBさんは喋りまくっている。

看護師さんが来て、Bさんと何やらやり取りしているが、Bさんが「子どもさんは、いはんの？」と看護師さんに聞いている。看護師さんは、「二十八歳と三十歳の女の子がいて、ふたりとも独立してひとり暮らししています」と答えた。

Bさんが、「まあ！　そやったら結婚してはれへんの！　心配やなぁ」と言うと、看護師さんが「いいえ、全然」とクールに返していたのが、おかしかった。


昼から、新たにひとり入室してきたが、どうやら手術のための一泊だけの入院のようで、同じくうちのオカン世代だ。

この日は、新刊の発売日の前日だったが、きっと東京の書店さんにはもう並んでいるだろう。

本来ならば、東京に行ってサイン本を作ったり、編集者たちと打ち合わせしたり、イベントにも登壇するはずだったのに。

月曜日に夫に届けてもらった新刊見本を眺めながら、ため息を吐《つ》く。

まさか新刊の発売日を病院で迎えるなんて思ってもみなかった。自分が出版の世界で取り残され、このまま戻れないような不安に襲われる。

フリーランスにとって、病気や入院で仕事を休むことは、そのまま仕事を失う可能性があるし、休業補償もない。

だからこそ、私と同じく不調をそのままにしておく人は多いんじゃないかとも思う。健康診断も行かなくて済むし。

もうひとつ考えていたのは、「**これからの人生、本当に会いたい人としか会いたくないな**」ということだ。

コロナ禍で人と会うリスクができてから、強くそう思うようになった。

デビューした頃は、本や自分の名前を売らないといけない、そうしないと生き残れないと、誘われるがままに、あらゆる人が集まる場所に顔を出していた。飲み会にも積極的に出ていって、さまざまな場所で自分を売り込むことに必死だった。

お金がなかったから、東京にも夜行バスで行き、泊まりはネットカフェで、そのたびに腰を痛めた。

けれど、そうして交遊を広げて得たものは、疲労と、傷ついた自尊心だけだった。

官能小説でデビューして性愛を描いている女の作家ということで、興味を持たれはするし、面白がられもするけれど、バカにされることのほうが多かった。囃《はや》し立てられ、飲み会で酒の肴にされ、その場では雰囲気を壊さないように我慢して、家に帰って悔しくて泣くことも、つい最近まであった。

コロナ禍で助かったことのひとつに、そういう不特定多数が集まる場所に行かなくなり、穏やかに過ごせるというのがある。

心身を守るためにも、「会いたい人としか会わない」ことに決めた。


入院して、自分の心身が悲鳴をあげたことにやっと気づいた。

死なずに済んだけれど、これから退院して生きていく上で、ストレスを溜めたくはない。ストレスが身体にダイレクトに響くのは、肌身に沁みている。

もう、五十一歳だ。

まだ五十一歳だともよく言われるし、この病棟の中でも「若い人」扱いをされるけれど、命にはタイムリミットがあることに気づいてしまった。

私は若くて時間があるなんて、どうしても思えない。

いつ死ぬか、わからない。

心臓の病気を抱えてしまった今となっては、健康な同世代の人たちより、生きることにリスクが伴う。

だから、会いたい人にだけ会おうと決めた。

少しでも気がすすまない場所には行かない。

とはいえ、フリーランスといえど社会人であり、仕事をしないと生きていけない身の上では、

「会いたくない人には会わない」で済まない場面も正直、多々ある。気にいらない人とだって、会わないといけない状況は避けられない。

もしも私が大金持ちで趣味程度で小説を書いているとか、ベストセラー作家だからそんなにガツガツ仕事しなくてもいいし、ほっといても本が売れる立場ならいいけれど、全然そんなポジションにはいない。

そもそも、小説の仕事だって、いつまでできるかわからない。再来年あたりには、無職になって仕事探しをしている可能性だって大きい。

嫌な想いをしたり、我慢しないといけないことは、これからも間違いなくある。

そんななかで、どれだけストレスを避けて、生きていられるかというのが、退院後の課題であるのは間違いない。

もう会いたくない人には
会いたくない。
会わなくていい。
私は会わない。

無敵の人には関わらない

入院九日目、新刊発売日。
朝起きて、新刊の写真を撮って「発売日です」と、SNSにあげる。
病院で宣伝ができるなんて、SNSってありがたい。
もっともどれだけ効果があるかわからないけど……。

ところで、これだけ寝たきりの生活をしているのに、腰痛にならないことに気づいた。普段、家でちょっと寝すぎたら痛くなることが多いのに。
リクライニングベッドのおかげか。マットもきっといいやつなのだろう。リクライニングベッドは便利だし、退院して買おうかなと、ネットで値段を見たが、そこそこする。入院費がいくらかかるかわからないし、買うのは躊躇《ため》ったた。結局、購入はしていない。

iPadで読書はできるけれど、ちょっと読書疲れもしてきた。iPhoneのイヤホンがあればYouTube観たり音楽聴いたりできるのにと、夫に頼まなかったのを少し後悔した。でも、イヤホン、普段は家で使わないから、私自身も、購入はしたもののどこに置いてあるかわからない。

同室のAさんやBさんは、電話も鳴らし放題で思いっきり音を出しているが、私にはそんな勇気はない。

なので、仕方なく、読書に戻る。それしか時間をつぶす方法がない。

この日から、体重と血圧は自分で測ってくださいと言われた。それまではベッドのところまで看護師さんが来て測ってくれていたのだ。

血圧計と体重計は、病室の外、ナースステーションの前にある。自分で朝晩二回、歩いて行って計測して記録することになった。

こうして日々、自分でやることが増えていくのは、回復している証拠なのだろう。でも、めんどくせぇな、なんて思ってしまった。

入院して、何から何まで人にやってもらって、ご飯も上げ膳据え膳で、すっかり怠惰になってしまった。

だって楽なんだもん。

主治医と話して、「回復してるけど、風邪にかかっても心臓への負担が大きいので、退院しても気をつけて」と言われて、どよんとする。確かに、風邪で咳が止まらないなんてなったら、ものすごくしんどいことになりそうだ。ましてやコロナウイルスに感染なんて、重症化して死ぬかもしれない。

そう、私は「新型コロナウイルス感染症、重症化リスクを有する人」になってしまったのだ。

コロナはただの風邪！　どうせかかっても無症状や軽症だから！　と、気にしていない人は、私の周りにもいる。コロナなんて存在しない、どこか誰かの陰謀だという人も。

でも、コロナに感染して亡くなった人も、周りに何人かいる。高齢だったり、やはり何らかの重症化リスクを背負った人たちだ。

「コロナにかかっても平気！　ただの風邪！　マスクなんてしない！」な人たちは、自分がそんなリスクのある人たちに感染させる可能性があることを、どう思っているんだろう。

人が死んでも、それはリスクがあるからしょうがないということなのだろうか。

それって、死ねってこと？　なんて、考えてしまう。

私自身が、重症化リスクを背負い、「コロナはただの風邪」なんて、絶対に言えない立場になってしまった。

だから、「コロナなんて平気！」な人には、近づきたくない。

お前らはいいかもしれないが、うつされて死んだり重症化したりするのは私だ。

お前らは平気かもしれないけど、私は平気じゃない。でも、「平気」な人たちにうつされて私は死ぬかもしれないのだ。

主治医に「月曜日、心臓カテーテル検査をするので、その日の朝はご飯抜きで。終わったら、すぐ昼ご飯食べてもいいから」と告げられる。

食べ物しか楽しみがない中で、一食抜かれるのは悲しい。

昔、親戚の小さい子が、検査で食事抜きと言われ悲しくて泣いていたことがあったが、あの気持ちがわかる。

朝ご飯は、パンと、お惣菜少しと牛乳と、それだけなんだが、悲しい。

でも「心臓カテーテル検査で異常なければ、火曜日には退院できる」と言われて、「やった！　希望が見えてきた」と嬉しくなる。おそらく喜びが表情に出ていたのだろう。「何もなければですよ」と、釘を刺された。

書店さん用の新刊のサイン本も、作らねばならなかった。

私はもう火曜日に退院できるものだという前提で、「火曜日の夜着で、サイン用の本を送ってください」と編集者に連絡をする。

書店用以外でも、知人にサイン本を十冊頼まれていたので、その手配もした。

頼むから、検査で異常が見つかりませんようにと祈るしかない。

夫にも連絡はするが、その日は会議があるのを知っていたので、「ひとりでタクシー使って帰るから」と伝える。迎えに来てもらうほどの距離でもないし、車もないし。

とにかく、「退院」という希望だけが、今の心の支えだ。

限りなく安全な病室にいるのに、
菌に溢れていて
わずらわしい
日常が、ひたすら恋しい。

肉を食べたら血の気が増えるのか

引き続き入院九日目。

新刊発売日。

相変わらず、同室のAさんとBさんは大声でお喋りをしている。

また、ある特定の看護師さんの悪口がはじまり「あの人、子どももいないらしい」と言い出した。

「最近多いなぁ、昔と違って、結婚しても子どももおらん人」と、Bさんが口にする。

はい、すいません、私も子どもいません。

結婚を決めたとき、夫婦で子どもを作らないことで意見が一致していました。だから好き好んで子どもを作りませんでした。

「子どものおる人のほうが思いやり持てるやん。だからあの看護師さん、あかんねん」と、Bさんは続ける。

……悪かったなと、私がその看護師さんの代わりに反論したくなったが、堪《こら》える。

しかし「子どものいる人のほうが思いやり持てる」って、どういう理屈だ。子どもがいてクズでロクでもない人間、世の中に山ほどいるじゃないか。

要するに、子どものいる自分は思いやりがあるよ、と言いたいのか。

会話を聞いてイラッとはしていたが、これも何かしらネタになるからと気持ちを抑える。

この日、夕食に豚の生姜焼きが出た。美味しかったし、魚多めの食卓に、小さくはあるけれど肉の塊が出たことに歓喜する。

魚も美味しいけど、やっぱり肉！

生命力が湧く。

肉を食べてご機嫌で眠りにつこうとしたが、この日、とんでもないことが起こった。

夜の九時ごろに眠り、その後、消灯して、ふと十二時すぎに目が覚めた。

なんだか嫌な予感がしたのだ。

まさかと思って、トイレに行く。

……生理が来ていた。

夫に持ってきてもらったパンティライナーのおかげで下着は汚れてはいないが、間違いなく、生理だ。

私は閉経していない。

五十歳になって低用量ピルの服用はやめたが、毎月二十八日周期で、きっちり生理が来ている。本当にちゃんと来るので、次の生理は本来なら、一週間以上先のはずだったから、ナプキンの用意もしていなかった。

なのに、なぜ、お前は、今、訪れるのだ……早すぎるよ……。

なんで閉経してないの、私！

仕方がないので、ナースコールを押すと、看護師さんが来てくれた。夜中なので、声を潜めながら、「すいません、生理が来ちゃって、ナプキン用意してなくて」と告げる。

看護師さんが、「ちょっと待ってくださいね。ここの階、生理用品は置いてなくて……ほかの看護師たちに聞いてみます」と姿を消した。

ナプキンはないのか。そりゃそうだろう。循環器系の入院患者って、私が見かけた限り、みんなとっくに生理なんて終わってる年代の人たちばかりだ。

しばらくして看護師さんが戻ってきて、「すいません、看護師誰もナプキン持ってないんです。病院内のコンビニは夜は閉まってるし……産婦人科で産褥パッドもらってきます」と告げられる。

そうだ、この病院にはコンビニがあったが、夜は閉まっているのだった。

そして**産褥パッド……**。

聞いたことはある。

子どもを産んだ人が、そのあと子宮内から出るもので下着が汚れないように装着するものだとは。

なんとなく、知っていた。

でも、具体的にはわからない、どんなものか想像したこともない。

だって子どもを産んだことないし、これからも産む可能性はなく、自分とは一生縁がないもののはずだったから！

また少しして、看護師さんが「産褥パッド、持ってきました。すいません、有料になります。明日になったらコンビニが開くので、それまでこれで我慢できますか」と言われて、そりゃ我慢するしかないだろうとお礼を伝えて産褥パッドを受けとる。

大きいサイズ三枚と、小さいサイズ三枚だ。

私はトイレに行き、綿のパンツに産褥パッドを装着する。

羽のついていない、分厚いナプキンといった感じか。

私が十代の頃のナプキンて、こんな感じだったなぁ～今はずいぶんと薄くて使いやすくなったなぁと懐かしい気持ちにもなる。

それにしても、好きに風呂にも入れない入院中に……。

なんで生理になるの私！

とっとと閉経しろよ私！

ただでさえストレスたまる入院中に、生理という新たなストレスを抱えて、ついでに生理痛らしく下腹部も重くて、気持ちがどよ～となったままベッドに横たわる。

もし生理の血でパジャマやシーツを汚したら、それを看護師さんに伝えるのも嫌だし、「このおばさん、まだ生理あるのか」と思われるなと余計なことを考えながら。

結局、産褥パッドは、使わずに済んだ大一枚、小一枚が、退院後の今も手元にある。

捨てるのはもったいない気がして、だからといってあげる人もいないし、これも記念かと持って帰ってきたのだ。

本当に使い道がないまま、ナプキンやタンポンと一緒に自宅にある。

あらためて思った。

やっぱり女って、めんどくさっ!!

生理で思い出す。
そうだ、
女の人生、
めんどうくさいんだった。

ツルツルに助けられた。やっぱり毛なんていらない

なんとか眠りについたが、朝起きても、昨夜の「生理ショック」を引きずっていた。

五十一歳、周りには閉経してる人も多い。

めんどくさいからとっとと生理終わらないかなぁと思ってはいたが、まさか入院中に来るなんて。

あとでコンビニにナプキンを買いに連れていってあげるとは看護師さんに言われていたが、週末で人手が足りないので昼頃まで我慢してくれますかとのことだったので、午前中を産褥パ

ッドで過ごす。

それにしても、なんだろう、これ。

おむつとナプキンの中間というか、ごわごわして変な感触だ。子どもを産んだ人は、みんなこんなものを使っているのか。

妊娠したことも出産したこともなく、五十歳を過ぎて、子どもを持たずに死ぬことが決定していたはずなのに、まさか産褥パッドというものを使うことになるとは、人生はわからない。

しかし思いがけず生理が来たのは、困った。ついうっかりパンツに経血がついちゃったりしたらどうしようと、夫に持ってきてもらったパンツの残り枚数を数える。たとえば旅行先なら、風呂場で汚れた下着を洗って干したりもできるのだが、干すとこなんて大部屋の個スペースにないぞ。コインランドリーがあったから、いざとなったらそれを使うかとか、考えていた。でもパンツ一枚でコインランドリーってもったいない。

何より、木曜日にシャワーを浴びられたけど、次はいつかわからない。毎日シャワーを浴びられない状況で、生理が来るというのは、不快でしょうがない。

なんで今来るの！　生理！　なんで閉経してないの私！　と、やり場のない怒りと、「ネタが増えた。産褥パッドって！」と喜んでる自分がいて、感情が交差してわけわからなくなっていた。

昼前に看護師さんが「お待たせしました〜。コンビニ行きましょう」と車椅子を持ってきてくれる。結構大きな病院で、コンビニまで行くのも移動距離があるので、また車椅子移動だ。聞けば、看護師さんはコンビニにお昼ご飯を買いに行くのだという。「社員食堂みたいなのはないんですか」と問うと、「あるけど、土日は休みだから」と答えてくれた。なるほど。

エレベーターを下がったり上がったりして、病院内のコンビニに向かう。

コンビニに来るのも久々なので、テンションが上がるが、おかしや食べ物を買うわけにはいかない。

車椅子のまま、生理用のナプキン羽根つき夜用、昼用、そしてタンポンを購入し、お昼ご飯を購入し終えた看護師さんと共に病室に戻る。

そして、トイレに入り、産褥パッドを剥がして、ナプキンとタンポンを装着した。

快適……。

ナプキンて、やっぱり優秀だ。産褥パッドと比べて着け心地がいい。

ナプキン！　ありがとう！　と感謝する。

そしてタンポンも、「生理のおもらし」で下着やパジャマを汚さないために、とても重要だ。

しかしそれでも、数日間、生理の不快感とつきあっていかないといけないのかーと思うと、憂鬱ではあった。

ただ、病院で生理になって過ごしたことにより、私はあることに気づいた。

以前書いたが、私が入院した日は、シュガーリング脱毛をして、あそこがつるんつるんで毛がなかった。入院翌日に看護師さんに「シモの洗浄」つまりはあそこを洗われた際に、「毛がないんで洗いやすい患者ではないか。秘かに喜ばれてたりして」と考えていた。

あそこに毛がないというのは、生理中も気持ちが楽だ。

好きなときにシャワーを浴びられない状況だったが、毛がないおかげで、生理の血が毛に絡まる不快感や不潔さが、ない。

なので、予想外に、生理が負担にならなかった。

やっぱり毛はないほうがいい！　と、入院中、「シモの洗浄」といきなり訪れた生理で、痛感した。

退院後、これはなんとしてでも、シモの毛をなくしてつるんつるんで生きていく術を探さなくてはならない。

毛がないことが、私の入院中のストレスを、こんなに軽減してくれるなんて、大いなる発見だった。


文章を読むのに少し疲れたので、Kindleの読み放題で、コミックエッセイを手当たり次第にダウンロードして読んだりしていたが、それもだいぶ飽きていた。

基本的に活字本を読むようにしてはいるが、年取ってから集中力が衰え目も疲れるようになってしまった。iPad で、絵を描いて暇つぶしをしたりもしていた。

ふと、スマホに牛乳寒天の画像が出てきて、食べたくなる。普段は牛乳寒天のことなんか考えもしないのに。あと、乳酸菌飲料が飲みたくなった。ここに来てお茶と水しか飲んでいないから。でも、そんな強い欲求ではなく、夕食を食べると忘れる程度のものだ。

この日は地震があった。揺れはしないけど、ゴゴゴッと音がした。

京都はこの時期、地震が続いていて、心配になった。

入院中に大きな地震が来たら、どうするんだろうと考えたりもした。

毛がないだけでなくなるストレスもある。

身体の栄養と共に、魂の栄養は必要

入院十一日目。

五時に目が覚めた。だいたい入院中は、この時間帯に起きている。とても健全だが、朝ご飯が七時なので、それまで暇だ。

手足のむくみもなくなったし、両手の甲の点滴の針の腫れも、まだ痛いけれど少しだけマシになった。

土日は検査がないので、ますます暇だ。そのせいか、同室のAさんとBさんは、ずっと喋るか電話をしている。個人情報垂れ流しなので、ふたりがだいたいどの辺りに住んでいるか、Aさんにいたってては財産事情まで耳に入る。

あんまりにも無防備すぎる。高齢者がオレオレ詐欺とかに騙されるの、「なんで?」って不思議だったが、警戒心がないのだ。

Aさんが娘らしき相手に電話で、「お父さんには冷蔵庫の管理はできないから」と、何やら指示している。娘はよその家の冷蔵庫の管理までしないといけないなんて、忙しいな。

Bさんは、この数日前から、「部屋がまぶしい」と何度も訴えていた。

電気が明るすぎるから、休めない、と。

だから昼でも部屋の電気を消したがる。消して、看護師さんやお医者さんが問診や検査に訪れて、「あれ、部屋が暗い。なんで電気が消えてるんだ」と、電気をつける。その繰り返しだった。

夜も消灯前、八時頃に電気を消す。それに気づいた看護師さんが不審がり……というのを毎日やっていた。

そのたびに、看護師さんがこちらにまで、ちゃんと他の人の了承をとっているのかと気を使ってくるので、なんだか私までもが申し訳ない。

「この病院、明るすぎるわ！　まぶしくて休めへんわ！」とAさんに文句を言い続けるBさん。いや、**私はあなたたちのおしゃべりや電話がうるさくて休めないんですが……**と内心思っていたが、もちろん何も言わない。

毎日娘に物を持ってこさせているみたいだし、アイマスク買ってきてもらって着ければ？とふと思ったが、アイマスクという存在を知らないのか。

消灯後テレビを見るときに、イヤホンを装着しなかったのも、イヤホンそのものの存在を知らないのかもしれない。

この日は、再びシャワーを浴びることができた。入院して二回目のシャワーは、最初のときほどの感激はないものの、生理中でもあったから、気持ちよかった。

シャワーを浴びて全身を洗うのが、こんな贅沢なことだったなんて、初めて知った。

シャワー最高！

明日は月曜日で、心臓カテーテル検査がある。

食事だけが楽しみの日々なので、明日の朝食が検査のために食べられないのは悲しいなと思いつつ、これで何もなければ退院できると、退院後のあれこれに想いを馳せる。

まず、しばらくは家で静養することになるし、食事の用意も三食きちんとする気はなかったので、退院後の話をしていて「塩分控えめ冷凍弁当試してみようと思う」と言うと、栄養士さんがパンフレットを持ってきてくれた。

あと、体重計と血圧計とパルスオキシメーターも退院後に自宅に届くようにネット購入した。体重の急激な増加や血圧の上昇は病気のバロメーターだから毎日測るようにと主治医に言われていた。パルスオキシメーターは、新型コロナウイルスに感染した際のためにもあったほうがいい。

そして糖尿病&高血圧で生活習慣病のデパートみたいな自分は、退院後の食生活を改善しなければならない。栄養士さんから指導も受けていたが、Kindleの読み放題で、減塩食や糖尿病食、野菜中心レシピの本をダウンロードしまくって、「これいいな」と思ったレシピは、手持ちの紙のノートにメモをする。

レシピをメモする作業は、なかなか楽しくて気が晴れた。

小説に漫画、エッセイ、レシピ本と、つくづく、「本」には助けられた。

本がなければ、入院生活、耐えられなかった。

AさんやBさんも、文句や愚痴ばっかり言ったり、娘に電話しまくったりするぐらいなら、本を読んだほうが時間もつぶせるし心も穏やかでいられると思うのだが、年齢的に活字を読むのがしんどいのか、そもそも読書の習慣がない人たちなのかもしれない。

たぶん、うちの両親たちも、そうだ。若い頃から、一年三百六十五日、働いて働いて、子育てに追われ、七十を過ぎても農作業と自営の仕事を続けている。休んでいるところを見たことないし、家族で旅行などもしたことがない。

今は私が本を出す仕事に就いて、私の本だけは読んでくれているが、本を読む暇などずっとなかったのだと言うし、実際にそうなのだろう。自営なので、通勤途中に読書というのもできない。新聞は家でよく読んでいるけれど。

私はたまたま本が好きで、本を読む習慣があり、本を書く仕事に就いたけれど、みんながみんなそうじゃないというのは、痛感している。

漫画は読むけど、それ以外の活字本は読まない人、ベストセラーで話題になっている本しか読まない人がほとんどじゃないだろうか。

でも、いずれにせよ、自分に読書習慣があってよかった。入院中は、本に救われた。

本は魂の栄養だ。

どんな些細なことでも
今までの「習慣」が
自分を助けてくれるときもある。

死んだら化けて出てやるリスト

入院十一日目の夜。

雷がすごくていったん寝たはずなのに起きてしまった。

カーテンを開けて、窓の外を眺める。

病室はそこそこ高層階にあったので、景観条例にひっかかる高い建物が作れない京都の街を見下ろすことができ、空が広い。

雷が天から光の筋を作り、大音響と共に鳴り響いている光景が見えた。

映像ではなく生で、こんな広い空で光と音を発する雷を見たのは、初めてかもしれない。

見入ってしまった。


「雷神」という言葉が、思い浮かぶ。

学問の神様である北野天満宮の祭神・菅原道真は、有能な人で宇多天皇に重宝され、それゆえにライバルに疎まれて九州大宰府に流され、無念のうちに亡くなった。その死後、京都の都では御所の清涼殿に雷が落ちて人が死ぬなど不吉な出来事が次々に起こり、人々はこれを「道真公の祟《たた》りだ」と恐れ、怨霊になった道真は雷神と結びつけられた。そしてその霊を鎮めるために造られたのが北野天満宮のはじまりだ。

北野天満宮は仕事でも仕事以外でも何度も行っているし、小説の舞台にしたこともある。夜の京都の暗い空に、稲妻が走り、ゴロゴロと大きな音を響かせる雷を眺めていて、そりゃあ昔の人たちは、怖くて無念の死を遂げた貴人の怒りだと恐れるだろうなと考えていた。

私は霊感がないし、幽霊など見たこともない。

世の中に不思議なことは確かに存在するけれど、多くの「幽霊」とされるものは、生きている人間が作り出したものだと思っている。

ときどき、本当にそういう気配を感じる人がいるのは知っているけれど、世の中にある怪談話のほとんどは思い込みや妄想、つまりは生きている人間の生み出したものだ。

それらは未練であったり、執着であったり、罪悪感であったりする。

菅原道真などの御霊信仰は、まさに生きている人間たちの罪悪感が生み出したもので、それが雷という自然現象と結びつけられたのだ。

だから逆にいうと、たとえ人を殺しても傷つけても、罪悪感がない人たちは幽霊なんて見ない。

入院して、「死ぬかも」と一瞬考えて、結局死ななかったけれど、そのあと「いつ死ぬかわからない。人間はいきなり死ぬんだ」と、常に「死」について考えてはいた。

とりあえず、葬式はしないとか、死後のあれこれについての意志は、どこかに書き留めておかなくてはならないというのもあるかもしれないが、これは別の話だ。

今は生きたいとは、思っている。

でも、いくら生きたいと願おうが、死は容赦ないというのもわかってしまった。

生きるために自分ができることはするけれど、死ぬときはもうどうしようもない。

見えも感じもしないけど、怪談を書いているぐらいだから、幽霊には興味がある。

自分は幽霊になれるのかとも、考える。

病院のベッドの上で、「退院しても、また具合が悪くなって今度こそ死ぬかも」とネガティブの沼に陥ったときに、「もしも自分が死んだら、化けて出て『うらめしや〜』と怖がらせてやりたい人リスト」などを作ろうかと思った。

要するに暇だから、そんなしょうもない発想が湧いたのだ。

あの人とか、あの人とか、あの人……と、私はノートに名前を書き出した。

何人か、化けて出てやりたい人の名前が浮かんだ。

でも、わかっていた。

私は死んでも幽霊にはなれない。

そもそも幽霊を見ないし、感じないし、入院して意識が失われかけた際に、「死後の世界には何もない」と思ってしまった。つまりは死後の世界を信じていない。

天国も地獄も極楽も、私の目の前には存在しなかった。

ただ、闇だけ。

それが私の死生観だ。

死んだらおしまい。

そんな人間が、幽霊になれるとは思えない。

幽霊になる実力が備わってないのだ。

だから「死んだら化けて出てやるリスト」とか作っても、無駄なだけだなとアホらしくなって途中でやめた。

リストで名前を書き出した人たちは、たとえ私が死んでも、全く気にしないであろうこともわかっている。「ああ、死んだんだ」ぐらいで、悲しみもないのは間違いない。

私は彼ら彼女らによって深く傷つけられたつもりになって、大なり小なり恨みの感情があるけれど、向こうは傷つけた自覚なんてない。

仕事がらみだと、私ものちのち面倒だから、怒りの意思を伝えることも抑えていた。だから私が、これだけ恨んで根に持っているのも彼ら彼女らは知らない。でも、だからこそ、こうして自分の中にずっと憎しみが降り積もっているのだ。

罪悪感のない人たちのところに、幽霊は出ない。

恨むだけ無駄だと思うと、かなりどうでもよくなった。

そして「化けて出てやるリスト」を作ったときに、仕事関係者が中心なのが自分でも意外だった。

昔から、何度か男に騙されたりDV受けたり、「殺してやりたい」「この男の目の前で自殺してやろうか」みたいな修羅場もあったはずなんだけど、そいつらの顔は全く浮かばなかった。

化けて出るほどの、未練も執着も彼らに対してはないということを、あらためて自覚した。

あと、恋愛がらみの男たちに対してはその場その場で怒りを発散しているし、私だとて相手を痛めつけるようなことはしているからイーブンで、そこで終わっていたのだろう。

恋愛の恨みは許せても
仕事の恨みは死ぬまで消えない。
だってそこに、愛はないから。

人生のやりたいことリスト

入院十二日目、月曜日。

今日は心臓カテーテル検査の日で、朝食が食べられない。

飲料もその日の朝八時までと言われていた。

朝、検査のためにと、数日ぶりに点滴をつけられたり、手首の管を刺す箇所に印をつけられたり、準備が着々と進んでいる。

久々にパジャマから、紐で結ぶ手術着に着替えもした。

九時になり、車椅子で処置室に連れていかれる。

手首から血管に管を入れ心臓を診察するって……考えただけでも、怖い。

リスクの説明もあったからこそ、恐ろしい。

なんせ私は入院初体験、手術なども未経験だ。

いやや～早く終わって～と願いながら、エレベーターに乗ったり降りたりして、処置室に向かう。三十分ぐらいですよ、とは言われていたが、とっとと終わって欲しい。

車椅子から処置台に移ると、主治医をはじめ周りにいる人たちが、私の名前やら、検査名やら、何やら確認しているようだ。

あー、これも、映画やテレビで見た手術風景だな〜と眺めているが、内心、怖さが増してきた。

目を閉じて、左手首に麻酔を打たれた。怖いので、いっそ全身麻酔して欲しかった。

麻酔は効いているのだが、なんだか手首に違和感が走る。

身体の中になんか入ってきた！　気持ち悪い！

痛い、ではなく「気持ち悪い」だ。

村井理子さんの『更年期障害だと思ってたら重病だった話』にも、この心臓カテーテル検査の描写があった。

気持ち悪い！　本当に気持ち悪い！

耐えている間に、検査は終わったようで、左手首に止血バンドが巻かれる。

「左の手はなるべく使わないようにね。力入れちゃだめ」と言われたあと、「じゃあ病室に戻りましょう」と、あっさり車椅子に導かれる。

主治医が、「検査、異常無しでした」と口にして、ホッとした。

これで明日、退院できるのか。

点滴は、昼頃までつけておいてくださいと言われ、車椅子のまま病室に戻った。

着替えていいですかと聞いて、いいと言われたので、手術着からパジャマに着替え、横たわる。

すぐに昼食の時間になり、朝食を抜いていて空腹だったので、喜んで食べた。

やっぱり食事が美味しい。

とっとと退院したいけど、食事にだけ未練があった。

主治医が来て、改めて「検査の結果、異常無しです」と告げられる。

ということは、結局倒れた原因だが、「血圧が異常に上昇したからでしょう」と言われた。

そして、心臓の動きは、だいぶマシになったとはいえ、まだ鈍いらしいのだが、「退院する？」と問われたので、「します！」と即答する。

今後、通院で様子を見ていきます、薬はたくさん飲まないといけないけど、それで治療していくからと説明があった。

やった！　明日退院決定！　と、晴れやかな気分だ。

まだ心臓の動きが少し鈍いというのは気になるし、結局病気が完治したわけではなく、これからもつきあっていかないといけないにしろ、解放されたい。

「何か質問ある？」と問われたので、「やっちゃいけないことはありますか」と聞くと、「薬をちゃんと飲んでいたら、特にないです。普段通りにしてください。運動はしたほうがいい。『心不全手帳』をよく読んでね」と言われた。

やっちゃいけないことはない、というのは嬉しかった。

「薬を飲むのやめてしまったり、通院しなくなってしまって、具合悪くなる人はいます。だからそこは自分の身体のために、ちゃんと従って欲しい。まだ若いんだから、大丈夫です」と言われて、深く頷き、診察日も決まった。

健康のためなら、なんでも言うこと聞きます！

主治医がいなくなったあと、会計の係の人や、薬剤師さん、栄養士さんがかわるがわる訪れて、入院費の説明や退院後の食事や薬の指導があった。ほんといたれりつくせりだ。

看護師さんから、「明日十時以降の退院になります。朝起きたら準備しておいていいですよ」とも言われる。

やった！！　退院できる！！

「退院決定！」と、とりあえず夫と実家、サイン本の関係で手配を頼む編集者にメールをする。

どうやら、同室のAさんとBさんも、明日退院のようだった。

迎えに来てもらう段取りを、ふたりとも娘と電話で話している。

「家で旦那の世話をすると病状が悪化するから退院できない」と当初言っていたAさんは、しばらく次の入院先が見つかるまで娘の家で世話になるようだった。

そんなにも夫が嫌なのか、邪魔なのか。今からでも遅くない、離婚したほうがいいんじゃないか。

退院後、珈琲が飲みたいと私は考えていた。

普段、そこまで珈琲が好きなわけじゃないけれど、喫茶店で珈琲を飲みたい。

そんな時間が欲しかった。

今までなら当たり前にできたことが、この十二日間はベッドに座りお茶と水を飲むことしかできなかったのだ。

人生のやりたいことリストは
意外と地味。
けれども、
かけがえのないものばかり。

三の巻

現実を生きる篇

自分が綺麗に見えた退院の日

そして翌朝、いよいよ迎えた退院の日。

晴れやかな気持ちで目が覚める。

窓の外も空が青く天気がよく、それはそれで気温が心配になる。

二十四時間、湿度と気温が管理された空間から出て、順応できるだろうかと不安だった。

それでも私は、外に出たい。

これが最後の病院食かと、朝食を噛みしめる。病院食が美味しいので、本当に救われた。もしまた入院する機会があっても、この病院に来たい。

二度と入院したくないけど。

朝食を終えると、主治医やら薬剤師さんやら看護師さんが来て、改めて退院後の話がある。薬剤師さんが薬を持ってきてくれるが、その量にちょっと引く。退院しても病人なんだと釘を刺されているようだ。

子どもの頃、祖父が食事のたびに薬をたくさん飲んでいるのを見て、「**年取ると大変だなぁ**」と思っていたのだが、私もついに「大変」な人になってしまった。

看護師さんが、胸に貼り付けている心電図計を外してくれた。帰る準備していいですよ、できたらナースコールを押してください、忘れ物ないか確認に来ますので、と言われる。

夫が荷物を入れて持ってきてくれた大きめのボストンバッグにすべて詰め込む。顔を洗って化粧水をつけて、日焼け止めとファンデーションとパウダーをつけ、眉を描く。

十二日ぶりの化粧だ。

ずっとすっぴんのシミだらけの素顔ばかり見ていたので、ただ塗っただけの化粧でも、**自分の顔が少し綺麗に見える**。

化粧ができることが、嬉しい。

入院中も、何度か、「退院したら化粧したいな」と考えていた。

同じ部屋のＡさんやＢさんは、いちはやく出ていった様子だった。

私も帰る準備を終えて、ナースコールを押す。

看護師さんが、ロッカーやらを見て忘れ物チェックをして「ＯＫです。お疲れ様でした！」と言ってくれて、もうこれでさよならだ。

主治医にはどうせまた通院するから顔を合わせるが、看護師さんたちには本当にお世話になったから、こういうときは夫などにお菓子の詰め合わせでも持ってきてもらって渡すべきかとか考えたけれど、コロナ禍なので、ありがた迷惑かもしれないとも思う。

ボストンバッグと、倒れたときに持っていた傘とトートバッグを手にし、ナースセンターにひとこと挨拶をしようとしたが、忙しい時間帯なのか人の姿が見えない。まあ、いいか。

私には入院は非日常の大ごとだったが、看護師さんたちには**日常**なのだ。


エレベーターに乗って一階に降りる。

支払いは保険組合の書類が来てから、今月中でいいと言われていたので、会計をスルーして病院の外に出る。

病院の前にはタクシーが停まっていたので、乗り込んで自宅の住所を告げた。一瞬、外に出ただけだが、思ったよりも暑くはなくて安心した。

タクシーに乗りながら、外の景色を見て、やっと出られたのだと喜びを実感していた。

ほぼ二週間ぶりに自宅に帰り、玄関の扉の鍵を開ける。

この時間帯は、夫はオンラインの会議だとは知っていたので、会議中の背中をすり抜け居間に行き荷物を置き、服を脱ぐ。

風呂に入りたかった。

日曜日に入ったきりだから、まず風呂に入りたい。

とはいえ、ずっと湯船には入ってないし、心臓に負担がかかってはいけないと、シャワーを浴び、髪を洗うだけにする。自由にシャワーを浴びられるって、素晴らしい。

さっき病院で化粧をして喜んでいたばかりなのに、風呂場で化粧を落としてしまったが、まあいいか。

風呂場から出てきたところ、会議が終わった夫に「お帰り」と言われた。

夫はいつもの通り、淡々としていて、ホッとした。「無事でよかった！」とか、泣かれでもしたら困る。

私は仕事部屋に行き、パソコンを開いて仕事関係者に次々に退院報告と仕事の段取りについてメールをした。

もしかしたら心配してる人もいるかもしれないと、SNSでも退院報告をしておく。

その際に、「快気祝いはいりません。特に食べ物はもらっても困る。それより本を買ってください」とも書いた。

入院中にも何度か「**お見舞いいらんから、本を買って**」とつぶやいてもいた。

お見舞い、特に**食べ物は扱いに困る**。

食事制限もあるし、うちは夫婦ふたりしかおらず、夫が焼き菓子等は好きだが果物の好き嫌いが激しいから、生ものや、大量の甘いものは処理に困る。

普段は、食べきれないものをもらうと実家に送ったりしているが、宅配便の手配をしたりするのが、今の私には負担が大きい。賞味期限が短いものなら捨てるしかない。

なので、事前に伝えておこうと思ったのだ。何人か、冷凍スープやゼリーを送ってきてくれた人たちがいたが、これは助かった。病人への贈り物は、日持ちするのが第一条件だ。

「お見舞いより本を買って」と言い続けたのは、入院したことにより本の宣伝のためのイベントに出られなかったことで悔しい想いをしていたからだ。

面識のない人たちで、心配の言葉をくれる人はいて、確かにその好意はありがたいけど、本を買ってくれたほうが私は嬉しいし、喜ぶ。

SNSで、毎回「いいね！」を押してきたり、DMで誘いをかけてくる人たちも、私個人に対する好意よりも、本を買って欲しい。

「ファンです！　でも本は買ったことありません」なんて、喜ばないから！

とにかく本を買って！　と、入院中から退院直後も、私は叫び続けていた。

それでも買わない人は買わないけど。

他人に綺麗と言われるより
自分が自分を綺麗と
思えるほうが、なんかええやん。

近所が遠く感じるのは気のせいではなく

仕事のメールを送り終えたところで、昼食を食べようと家を出た。久々の病院食以外のご飯だ。

薬を飲むためにも、これからは三食きちんと食べる生活を送るつもりだった。

いきなり料理をするにも冷蔵庫の中には何もなく、注文した冷凍弁当が届くのは明日なので、今日はとりあえず昼はコンビニで済ますつもりで、出かけた。

徒歩五分ぐらいの距離のコンビニだが、ここで私は驚愕した。

普段、軽く歩ける五分の距離が、やけに遠く感じる。

私は二週間近くの入院生活、ほぼベッドの上に寝たきりで、体力がなくなっていたのだ。

え、コンビニ行くのも、こんなに大変なん……？

私、日常生活に戻れるの……？

不安を感じながら、やっとのことでコンビニに辿りつき、サラダとサンドイッチを購入する。

帰り道も、疲れて、家にたどり着いた瞬間、倒れ込んでしばらく動けなかった。

近所のコンビニへの往復で、疲労を感じるのは初めてのことだった。

この日は、夕方は久々にスーパーに買い物に行き、軽く夕食を作って食べたのだが、家の中で何度もふらついて、そのまま崩れ落ちて横になってしまったりもしていた。

久々に包丁を握ったせいか、指を少し切った。調理をする感覚が戻らないのだ。

ここまで体力って落ちるもんなのかと、ショックだった。

十二日間の入院で、こんなに体力なくなるなんて、一ヶ月とかいたらどうなっていたんだろうと考えるだけで怖い。

それでもなんとかご飯をと、野菜中心のちまちましたおかずを作り食べる。

入院中に実感したのは、美味しいものを食べているだけでだいぶ精神的に救われるということだった。

退院してからは、あらゆる数値を下げるために食事制限はしないといけないけれど、美味しいものを作ればストレスにならないはずだ。

野菜はもともと好きだし、料理も苦手じゃない。健康にはなりたいけど、美味しいものを我慢するのは、絶対に長続きしない。人生の楽しみを奪われるのは嫌だから、自分が健康的で美味しいものを作ればいい。

幸いにも、家でやる仕事なので、自炊をきちんとしてみることにした。

自分でも驚いたのは、夫が買ってきてくれていたハーゲンダッツのアイスクリームが、すぐには手をつけられなくて、結局、**食べるのに三日間**もかかってしまったことだ。

年齢とともに、甘いもの冷たいものが食べられなくなり、パフェやかき氷も、見たら「美味しそうだな」とは思うけれど、完食はできないので食べる機会もなくなっていた。それよりもわらび餅とか大福とか、和菓子をちょっと食べるほうが満足感がある。

でもハーゲンダッツのアイスは別だった。

季節関係なく、原稿をあげるたびに、「自分へのご褒美」と、新作のハーゲンダッツを買って食べていた。

それなのに、三口ぐらいでギブアップしてしまう。

相変わらずハーゲンダッツは美味しい。でも、入院で食生活が変わったせいか、身体が受け付けなくなっている。

とはいえ、甘いものが嫌いになったわけではなく、ほどほどにゼリーとかは口にしている。

アイスクリーム関係は、食べなくなった。

今年の夏は、一度も購入して食べていない。食べきれる自信がない。

退院した日の夜、出版社からサイン用の本が届いた。

併せて、友人に頼まれた分と、三十冊サイン本を作る。

ついでに全部にイラストも入れる。なんとかサイン本が間に合って、助かった。入院が長引いたら、どうなることかと不安だった。

入院中は朝四時か五時起き生活だったので、サイン本を三十冊作って疲れたのもあり、久々の自宅でも早々に眠気が襲ってきて、夜は九時に寝た。

基本的に不眠症で、薬を飲んでも寝るのに時間がかかる私にとって、こんなストレートな眠気が家で来るのは久々だった。


翌朝も、早々と目が覚めた。

時計を見ると、四時半だ。

そして一瞬、自分がいる場所に違和感を感じる。

あ、そうか、退院したんだ。ここは病院じゃないんだと気づく。

この違和感は、退院翌日だけではなく、それからしばらく続いた。

その間、ずっと朝四時や五時に起きて、夜九時頃に寝るという生活だった。

朝早く起きれば、時間が有意義に使えるから、ずっとこのままがいいなと思っていたが、いつのまにか戻ってしまって、一ヶ月もすると入院前と同じく、朝八時か九時に起きて、日付が変わる頃に眠る生活だ。

それにしても、久々に自分の部屋に戻ると、そこかしこに置いてある「更年期の不調を和らげる漢方薬」「むくみ取りの漢方薬」「血圧を下げるお茶」「血圧が高い人のための野菜ジュース」「むくみ取りの着圧ソックス」などが目に留まって、「いや、だから、**お前、それどころじ**

ゃなかったんだってば！」と、自分で自分につっこみまくる。

入院中にいろいろ検索していたら、自分がよく飲んでいた漢方薬が、血圧を上昇させる副作用があると知って、驚愕した。悪化させるようなことばかりしていた自分に呆れた。

漢方薬やらトクホが悪いわけではない。

調子が悪いという自覚症状があるくせに、それらを購入して服用することで、なんとかなっている気になっていた私がすべて悪いのだ。

いったい、いくらこういうものに金をかけていたんだろう……結構な金額だ。

思い起こせば、かなり前から、私は心臓が悪かったのを、長年目をそらして放置してきたのだというのに気づいて、改めてゾッとした。

遡って自分の体調を考えると、たぶん、四十代の早い時期から、私は心臓が悪かった。よく死なずにいたものだ。

今、気づいた不調は
きっとずっと前からはじまってる。

冷凍食品の何が悪いのか

退院翌日、五時前に目が覚める。

入院前は、朝ご飯は食べたり、食べなかったりだった。朝と昼と兼用にしたほうが無駄がないと思っていた。

しかし薬を飲むためにも、パンとコンビニで買ったサラダ、ゆで卵とトマトと、入院前に買っていた血圧を下げる野菜ジュースをとる。

病院で規則正しい時間に三食食べる生活をしていたので、これからもそうしようと思っていた。

午前中に、退院間際にネットで注文した体重計と血圧計が届いたので、さっそく測り、病院でもらった『心不全記録手帳』に書き込む。体重は朝一回、血圧は朝晩二回と、入院中と同じように計測して記録することにした。

相変わらず体力のなさを痛感しているが、何もしないわけにはいかない。

というか、動かなければ、ますます体力が落ちてしまう。

それに細かくやることがあった。

まずは保険組合から送られてきた限度額適用認定証の申請書類を書いて、郵便局まで行った。

月末までに認定証を病院の会計に持っていかないといけない。普通郵便だと不安だったので、速達にした。

退院した当日である昨日はコンビニとスーパーに行って、今日はそれに続く外出だが……郵便局……こんなに遠かったっけ……。

徒歩十分かからないはずの一番近所の郵便局に行くのにも、体力の衰えを実感する。

郵便局に速達を出しに行っただけなのに、ぐったりした。

入院中に、コンビニや検査に行くのに、病院内を移動する際には車椅子で、内心「いや、私、元気やし、歩けるし」と思っていたのだが、確かにこれだけ体力が落ちていたら、途中でふらふらして転倒する可能性がある。

めまいやふらつきは、しばらく続いた。病気そのものより、この体力の衰えが、退院してしばらくは厄介だった。

だからといって、じっとしていたらもっと体力が落ちてしまう。でも外出先で倒れたりしたら困る。

とにかく仕事を片付けないといけないと、私は文庫のゲラチェックをして一日を過ごした。

それに加え、また秋に出る文庫の加筆作業もしていた。

やることがあるのは、ありがたい。

暇だと、体力の衰えと病気の不安で、また落ち込んでしまいそうだ。

昼は入院中に注文した冷凍の弁当にした。どんなものかと思ったが、なかなか美味しい。栄養もカロリー、塩分も計算してある弁当なので、考えなくて楽だ。

夜は自分で作るけれど、昼はしばらくこれで行こう。だいたい一食、五百円前後なので、外食するより割安だ。

たまには外食したいけれど、まだ外食する体力に自信がなかった。

夫には、「私は今、じゅうぶんに家事ができないほど体力がない。だからとにかく自分で野菜を摂取してくれ」と伝えてあった。

入院中に目の当たりにした、同室のAさんの「とにかく夫が負担になる」「夫がいる家に帰りたくない」「夫は邪魔なだけ」という態度を見ていると、自分は無理してまで家事をするべきじゃないなぁと改めて思った。

家事なんて、無理してまでしなくていい。

お金で解決するならしたほうがいい。

三食手作りなんて、しなくていい。

もっとみんな楽したほうがいい。

そうじゃないと、年を取ってから、「私はあなたのためにこれだけ頑張ったのに」と恨んでしまう。

誰かのために、何もかも世話をして、「自分のことが何もできない」人を生み出してしまうのは、どちらにとってもよくない。


昔、旅行の仕事をしていたときに、同僚に、同棲相手の世話自慢をする人がいた。

彼女の同棲相手は同じ業界で、私も知っている人だった。

「**私、冷凍食品は使わへんねん。**やっぱり料理は手作りが愛情やん？」

「彼、お酒飲むから、夜は夕ご飯とは別に、おつまみも作るねん」

「靴下も私が履かしてあげてんねん」

「男の人を台所に立たせたらあかん」

「やっぱり女のほうが男より収入が高かったら、あかんよ。安室奈美恵の離婚の原因は、たぶんそれやと思うわ」

などと、しょっちゅう口にしていた。

彼女には、確固たる「手をかけて作る料理＝愛情深い」という信念があったのだ。

つまりは自分は、手のかかる彼氏の面倒を見て、どれだけ愛があるのかとアピールしていた。

それにしても安室奈美恵も勝手な推測をされていたものだ。

実際に、彼女の同棲相手は、彼女の収入が自分を超えるのを嫌がっていたとも聞くが、じゃあ彼女を養えるほどの稼ぎもなく、そのくせ彼女の仕事が忙しいときは嫉妬して機嫌が悪くなると、よく喧嘩をしている様子だった。

「女が自分より稼ぐことが気にいらない」

そんな昭和の遺物のような男は、私と同い年だった。

旅行の仕事は朝も早く、帰りも遅いし、ハードだ。私はバスガイドの仕事がメインのときは、観光シーズンはほとんど自炊などせず、帰りはよく駅の立ち食い蕎麦で済ませていた。

彼女と働いていたとき、早めに仕事が終わると、同僚たちとビールを飲んでいたりもしたが、彼女は「彼の晩御飯、作らなあかんねん。冷凍食品は使いたくないから、手間いるねん」と早々に帰っていった。

彼女はのちに同棲相手と結婚したが、間もなくして離婚したと聞いた。

離婚の理由は詳しくは知らないけれど、「冷凍食品の何があかんの」とは、今でも思っている。

当たり前だが
料理で愛情は
量れない。というか
量るものではない、食べろ。

四十代は不調がはじまるお年頃。我慢は死につながる

退院翌日も、ぐったり疲れて早々に寝てしまった。

郵便局に速達出しに行っただけなのに。

果たして自分の体力は復活するのだろうか、不安でしょうがない。

私は自宅でできる仕事なので、好きに休憩がとれるけど、そうじゃない人は大変だろう。

あと、小さい子どもでもいたら、絶対に無理だ。

退院翌々日も、朝起きて、「あれ、ここどこ?」となった。

まだ病院にいるような錯覚をしてしまう。


私は数年前から精神科に行き睡眠薬を処方され、それがないと眠れないのだが、退院後は、夜はちゃんと眠くなり、一応睡眠薬は飲んだけど通常の半分量で眠れた。

入院前までは、悪夢を見ることが多かった。

特に明け方の悪夢だ。悪夢で目が覚めて、心臓の鼓動が早くなっているということがよくあった。悪夢の具体的な内容は忘れても、恐怖の余韻だけが残り、なかなか布団から出られない

こともしょっちゅうだった。

不思議なのだが、退院してから、**ほぼ悪夢を見なくなった**。

全く見ないわけではないが、頻度は下がった。そして、熟睡できる夜が増えた。

入院前は、眠りが浅くて、寝た気がしないことも多かった。

特にコロナ禍になってから、そんな日が増えたのは、不安やストレスのせいもあったと思う。

すっきり熟睡できたらラッキー、ぐらいの日々を過ごしていた。

ところが、退院してしばらくは早々に眠れ、しかも熟睡できるようになった。

朝四時か五時に目が覚めて、夜十時に眠るという、病院と同じサイクルで、「私、こんな規則正しい生活できるんだ！」と驚いた。

二週間もしないうちに、そのリズムは崩れ、七時か八時に目が覚めて、日付が変わる頃に寝るという、以前の生活に戻ってしまったが、まあ、それでも別にいい。

入院して治療して薬飲んで、眠りが深くなり悪夢も見なくなったというのは、心臓と何か関係があるのだろうか。


睡眠以外でも、退院してからの変化はたくさんあった。

PMS……生理前の不調が、楽になった。

私は五十歳までは低用量ピルを服用していたが、婦人科の医者に言われて止めて、それからは若い頃ほどはいかなくても、生理前の不調がはっきりとあった。低気圧が来たときの症状と似ている。肩が凝る、全体的に怠くてたまらない、気持ちも落ち込む……などの症状だ。

これが、退院してからなくなったというわけではないが、減った。心臓とどういう関係があるのか、わからない。

あと、目の疲れがなくなった。

入院前は、しょっちゅう目薬をさしていたし、アイマッサージャーも愛用していた。仕事中、何度も目薬をさし、目の休憩をしていた。年齢的なものだろうなぁと思っていた。

退院してしばらくして、「そういえば、最近、全く目薬をさしていない」ことに気づいた。アイマッサージャーも使っていない。

そこまで仕事が詰まっていないのもあるかもしれないが、目が疲れてしょぼしょぼしてつらいという状態が、今のところ消えた。

また、気圧の影響を受けにくくなった。

四十代の頃から、低気圧のたびに、怠くて肩が凝ってすべてのやる気がなくなって……と、ＰＭＳと同じような状態になっていたのが、退院してからあまり感じない。

つまりは、かなり健康になった。

薬を服用しているから、というのはあるだろう。

ＰＭＳとか気圧の影響やら眼精疲労やら、心臓と直接関係しているかどうかわからない不調までずいぶんと楽になった。

逆に考えると、私は今まで、いろんな不調を我慢してきたのだ。

「加齢だから」「更年期だから」仕方がないと、老いと共に不調を受け入れた気になっていた。でも、実はそれは治療が必要な不調だったのかもしれない。

周りを見渡しても、女性は不調を抱えている人が多い。四十代でも、原因がわからないけれど、怠いとか、しんどいとか、肌が荒れたり、謎の湿疹ができたり、とにかく気分が鬱々する、眠れないとか、そんな話は、すごくよく聞く。

自分自身が年齢とともに感じていることだが、メンタルの不調は、ダイレクトに身体に響く。「眠れず鬱々するけど、精神科に行くのは抵抗がある」という人や、「しんどいけど、子育てと仕事と家事に追われて、医者に行く暇がない」という話も耳にする。

でも、私も四十代は、そうだった。

仕事がとにかく忙しくて、それでも断りたくなかったし、無理をしてでも受けていた。特にフリーランスだから、断ったら次がないとも思っていた。一時期はかなり無茶なスケジュールで仕事をしていた。それにくわえて、人に存在を知ってもらうために、イベント出演もすべて引き受けて、飲み会などもマメに顔を出した。

あるとき、眠れなくて、やっと自分が無理をしているのに気づいて「**このままじゃ死ぬな**」と思ったから、精神科で睡眠薬を処方してもらい、それからはなんとなくぼちぼちやってはいる。それでも「医者に行って検査して悪い結果が出て入院ってことにでもなったら、仕事を休まなければならない」からと、身体のほうは放置していた。

ｗｅｂで入院顛末の連載をはじめてから、「花房さんのコラムを読んで、自分の不調もなんとかしないといけないと検査行くことにしました」という連絡をくれた知り合いもいる。多いのは、四十代の子持ちの女性だ。手のかかる子どもを抱え、仕事もして、自分のことより子どものことを優先させているので、不調を見逃しているのかもしれない。

少しでも不調を感じたら、病院に行きましょう。

じゃないと、私みたいにいきなり倒れますよ、下手すりゃ死にますよと、不調を抱えながら頑張る人たちに大きな声で訴えたい。

四十歳は二度目の二十歳ではない。
中年です。

してはいけないことはないと言われても

退院翌々日。

まだ体力なくて、へばっている。

しかしさすがに仕事をしなくてはならないと、パソコンに向かう。

昼間に保険組合から電話がかかってきた。

昨日、速達で送った窓口での支払い額をあらかじめ減額するために必要な書類に、不備があったとのことだった。

今月中に病院に書類を出さないと減額されない。土日もはさむし、時間がない。

書類不備は完全な私のミスで、一番重要な箇所を記入していなかった。

なんでこんなアホみたいなミスするんだ……と、焦りまくったが、メール添付で新しい書類を送ってもらい、急ぎ記入し確認して、また郵便局へ。保険組合の人は、とても親切丁寧で、助かった。

自分では、頭はしっかりしているつもりだったけど、実はそうではないかもしれないと、このときに初めて思った。

何をするにも、慎重にならなければいけない。取り返しのつかないミスをする前に。

自分が悪いとはいえ、二日続けて郵便局に行き、今日もぐったりだ。

しばらくは予定を入れず、家で静養しているつもりだったが、一ヶ月後の六月下旬には、東京で新刊のトークイベントの予定があった。

入院で宣伝活動もロクにできず、出版がらみのトークショーもふたつ欠席するはめになってしまっていたのだが、今度のはちゃんとできるだろうか……東京まで行けるのかという不安がよぎる。

主治医には「してはいけないことはないです。普通に生活してください」と言われていたが、体力がついていかない。私は旅行が好きなのだが、旅も今後できるか不安になる。

とりあえず、心臓に負担がかかるから温泉はしばらく控え、救急車がすぐに来ないところで倒れると困るから、秘境のようなところにも行かない。

趣味はともかく、仕事のための取材旅行ができなくなったら、書くものの幅が狭まる。

まだ台所で食事の準備をしてる最中に、めまいを起こして倒れ込むような状態だったので、旅行どころではないと、不安と心配で憂鬱なままだった。


この日の夜は、部屋でパソコンの前に座り、好きな漫才師のイベントをネットの配信で観た。

本当は現地に行きたかったが、人気があるので、チケットが取れなかったのだ。

残念だったが、そのあとで私は倒れたので、どっちみちチケットを取っていても、キャンセルすることになって、悔しい想いをしていたはずだ。だからチケットが取れなくて、結果的には幸いだった。

この「お笑いイベント」いや、お笑いに限らずだが、イベントを配信で観るのが当たり前になったのは、コロナ禍になってからだ。

現地に行って生で見たほうが面白いに決まっているし、同じ空間を共有できるという喜びがある。

しかし、今の私のように、体力がなくてどこにも行けない者にとっては、どれだけこの「配信」というシステムがありがたいか、噛みしめながら漫才を観て笑っていた。


私は出身が兵庫県北部の田舎町で、昔は何も娯楽がなかった。

一度、大学入学で京都に出てはきたけれど、自分の不始末が原因で、三十歳過ぎに実家に戻り数年を過ごした。

電車は一時間半に一本しかないし、車がないと生活できないような土地だ。

大型書店に行くのも、車で片道五十分ほどかかる。

私が大学に行く前は、地元には有名なファーストフードやコンビニもなかった。

好きな作家や俳優ができても、生で芝居を見たり、イベントに行くには、時間とお金と体力が必要だった。

夕方まで仕事をして、夜にサクッとイベントに行けてその日のうちに家に帰れるような生活をしている人には、想像もつかないだろう。何度も悔しい想いをした。

コロナは本当に鬱陶しいし困ったものだけど、そのおかげで、さまざまなイベントが「配信」されるのが当たり前になり、遠方に住んでいる人、交通費や宿泊費を出せる経済的余裕のない人、忙しくて時間がない人、そして私のように身体の不調で家から出られない人間の娯楽が増えた。

お客さんを入れての配信もあれば、無観客の配信もある。どちらがいいかは人それぞれだろうが、私は一度、無観客配信のイベントに登壇して、人のいない客席に最初は違和感があったけど、精神的には楽だった。お客さんの顔色を窺わなくていいからだ。

きっと無理やり連れてこられたんだろう、退屈そうにして寝てる人や、ずっとスマホの画面を見て何やらしている人、酔っぱらって喋っている人とかに、イラッとしなくていい。特に自分が主催のイベントにマナーの悪い人がいると、呼んだゲストに申し訳ない。

もともと**人と接することが苦手**で、特に知らない人と話すと、ひどく疲れてしまう私にとっては、無観客配信は気が楽だ。

人によっては、無観客だと話しにくい人もいるだろう。

でも、観る側も、演者の側も、選択肢が増えたのはいいことだと思う。

娯楽は
楽しく生きるためにも
必要です。
必要か必要ないかは
自分で決めます。

余白の時間が必要

退院三日目。

今日は五時起き。

まだ病院での生活のリズムのままだ。

翌週に、兵庫県の姫路で行われている企画展に行くつもりだったが、諦めることにした。

好きな作家の企画展で、関係者から招待券を送ってもらって、とても楽しみにしていた。

京都から姫路までは新快速で一時間半で行けるけど、泊ってもいいかな、なんて考えてもいた。

この企画展が、来週末で終わる。

入院中から、行けるかな……と考えていたが、現在の体力の状況を考えると、家を出てバスか電車で京都駅まで行き、そこから一時間半新快速電車に乗って姫路に行って帰ってくる……それが、とんでもなく難しいような気がした。

電車に乗っている最中、しんどくなって倒れてしまったら、姫路で具合が悪くなったらどうしよう、とか考えてしまう。

たぶん、今の私の体力だと、最寄り駅まで行くのが精いっぱいだ。

ものすごく残念だけど、諦めるしかない。

数ヶ月前から楽しみにしていたのにと、落ち込んで泣いていた。

すべて不調を放置していた自分が悪いのだ、誰のせいにもできないからと、さらにへこむ。

昼に、ふと、高級スーパーのレトルトのスープがあったなと思い出し温めて飲んだら、ひどく塩辛く感じてびっくりした。入院前は、美味しいと思っていたのに、薄味塩分控えめ生活のせいか、味覚が変わってしまったようだが、これは身体にとってはいいことに違いない。

午後から軽く化粧をして外出する。昨日、旧知の編集者から「京都に明日、日帰りで行く用事があるのですが、もし花房さんがしんどくなければ、少しお茶しませんか。退院なさったばかりなので、無理なさらず、遠慮なく断ってください」とメールが来ていた。

遠くまで行くのは無理だけど、近くで会いましょうと返事をして、会うことになった。

体力ないないと嘆いてはいたが、動かなければ、体力が戻らない。

主治医からも、**「運動はしたほうがいい」**と言われていた。

なので、家からそう遠くない甘味処で、待ち合わせした。広い部屋に通され、わらび餅を注文する。

わらび餅なんて久々だったが、めちゃくちゃ美味しく感じた。

入院中の甘いものは、果物だけだった。果物も美味しいけれど、やはりときにはそれ以外の甘味が欲しくもなる。

「入院されてびっくりしました」と言われ、入院中の愚痴やら仕事の話などをして、そのあと近くの喫茶店で珈琲を飲んで別れて帰宅した。

家に帰ると、ずいぶんと精神的に楽になっているのに気づいた。

思えば、退院してから、**夫としか話していない**。

気をつかわず会える編集者と、そんなに長い間ではないけれど会話をして、美味しいわらび餅を食べて、ただそれだけの時間が持てただけで、気分が上向いた。

入院中、一時期、やたらと「喫茶店で珈琲を飲みたい」と思っていた。普段、そこまで珈琲に執着していないのに。いや、珈琲そのものよりも、「喫茶店」という場所で、ゆったりと時間を過ごすことが、したかったのだ。

食事以外の「お茶」は、余裕がないと時間がとれない。

甘味処や喫茶店でお茶をするというのは、「余裕」の時間が持てる場所だ。

入院中は、ベッドの上から動けず、そんな時間が、とてつもなく恋しかった。かといって、退院して帰宅すると、雑事に追われるし体力がないしで、喫茶店に行くどころではなかった。

必要最低限の栄養を食事で摂取して、寝てれば人間は生きていけると言う人もいるだろうけれど、余裕がないと心が死んでしまう。

編集者と甘味処でわらび餅を食べたひとときの時間は、退院後の自分にとって、「生きている」ことを味わえる救いだった。

そしてやはり「人と話すこと」は必要だ。

コロナ禍で、何度も、それは思った。

人と会って話すだけで、気持ちが楽になる。

人と会うことにリスクがつきものだからこそ、切実に感じる。

コロナで人と集まる機会などがなくなって、それは私にとっては楽だったけど、会いたい人と会って話す時間がないと、息が詰まる。

倒れて死にかけて、でも死なずに生きて帰ってこれて、だからこそ時間は貴重だった。

入院生活は、看護師さんと主治医と必要最低限の会話をするだけで、こうして親しい人と話すことに飢えていたのだとわかった。

久々に食べたわらび餅が、本当に美味しくて、撮った写真を夜に何度も見返してしまった。

退院できて、死ななくて、よかった。

食べたいときに
食べたいものを食べ
誰かと他愛のない話をする。
その時間が私を作る。

不安や恐怖と共存する

退院四日目。

五時半起床。相変わらず病院モードの早起きだが、起きた瞬間「あれ？　ここ病院？」という違和感はなくなる。

家にいるのに、身体が慣れたらしい。

体力はないままだけど、なんとなくだが少しはマシになったような気がせんでもない。

連載している有料メールマガジンのコラムを書く。三週間、休みにしてもらったので、久々だ。フリーランスにとっては、連載を休むということは収入が減るということなので、痛い。これ以上、仕事は休めない。

まだまだ出かける元気はないけれど、長時間仕事をするのもしんどいので、午前中にパソコンに向かって、午後はゲラチェックしたりして、ゆっくりと過ごす。

退院五日目。

いつも通り早起きして仕事して、昼ご飯は冷凍の弁当、夜は野菜多めのプレートと、変わりなく過ごす。

野菜多めのプレート、せっかくだからと写真を撮って、SNSにあげたり、実家の親や義母に送る。

入院後半、減塩、野菜多めのレシピ本を読んで、気になったものをメモしたりしていた。でも、結局、退院してから、同じものばかり作って食べている。楽に作れて美味しいものだから、いいんだけど。

健康的な食生活、十分な睡眠、運動を心がけないといけない。

しかし、**美味しいものしか食べたくない**。「身体にいいから」と美味しくないものを食べたり、我慢したりするのはストレスになるし、続かないのはわかっている。

入院中だって、食事が美味しいから耐えられたのだ。食べる楽しみだけは失いたくない。

運動だって、しんどいと思うと、続かないのは、今までの経験で身に沁みている。

まだ体力が戻らないけれど、動けるようになったら、どうしようかと考える。

睡眠に関しては、入院前から、めちゃくちゃ寝てる。

睡眠時間だけは譲れない。何があっても死守するつもりだ。


退院六日目。

今日も熟睡した。本当に、深く眠れるようになった。

悪夢を見なくなったけれど、今まで何に私は怯えていたのだろうか。

今は起きているときのほうが、毎日不安と恐怖が襲ってくる。倒れたときの、あの苦しみや、「死ぬんだ」という感覚が。とはいえ、身体はだいぶ動くようになってきて、めまいもなくなった。

この日は、保険組合からの書類も届いていたので、病院に支払いに行った。家からバスに乗り、二週間近く過ごした病院に向かう。バス停からは、地図を見ながら歩く。

なんせ入院時は救急車で、自分がどこに運ばれるのかもわからなかったから、まるで初めて訪れるような感覚だ。

受付付近は人が多く賑やかだった。時間がかかったら嫌やなぁと思っていたが、導線がちゃんとできていたので、スムーズに支払いできた。

退院時に、入院費の請求書をもらった際は、「うわぁ……」と、声が出そうになったが、保険組合の書類のおかげで、支払いは半額になった。それでも、痛い金額ではあるけれど。

病気になるとお金がかかる。

お金を使わないためにも、健康でいないといけない。

健康でいることが、一番の節約だ。

また入院したら、これだけお金とんでいくのか……と思うと、必死に健康でいようと決意する。せっかく働いたお金を、不摂生のせいで浪費したくないと、私のお金への執着を発揮させ、健康への執念に変えることを誓う。

支払いを終え、バスに乗り、降りて、近所のご飯の美味しいカフェに立ち寄る。

久しぶりの、外食だ。入院した日以来だから、三週間ぶりになる。

数日前、わらび餅は食べたけど、ちゃんとしたご飯を外で食べるのは、本当に久々だ。

完全に自炊したほうが栄養的にもいいし塩分コントロールもできるのはわかっているが、私は自分じゃ作らない、作れない美味しいものを食べたかった。

外食は、普段は自炊している自分へのご褒美だ。

特にコロナ禍になって、外に出る機会が減ってから、意地でも外で不味いものは食べたくない。

今日は、「病院で支払いをする」という、めんどうなミッションがあったので、ご褒美外食をすると決めていた。

人生はもう時間が限られているから、不味いものは食べたくない、美味しいものだけ食べたい。

もう本当に、希望しかいらないなと思うのだ。

自分をいじめるようなことはしたくないとも。

自分で料理を作るのは苦痛ではないけれど、ときどき飽きる。

だからこうして最低でも週に一度は、外で美味しいものを食べようと決める。

限られた人生。
自分をいじめるのは
もうや〜めた。

大量の人が怖くなるとき

六月になった。

退院してから、一週間が経つ。

相変わらず、体力は戻らないままではあるけれど、少しマシになったし、医者にも言われているから運動しなければと、プールに久々に行くことにした。

コロナの前までは、週に一度ぐらい通っていた時期もあるが、感染者が増えてからなんだか怖くなりやめてしまっていたので、三年ぶりぐらいだろうか。

プールに行くといっても、泳ぎはしない。水の中をゆっくり一時間ほど歩くぐらいだ。スポーツと縁のない人生を歩んできた私にとって、一番楽な運動だった。

プールに行くためバスに乗ると、思いがけないことが起こった。

バスは混んでいた。若い人たちがたくさん乗っていて、みんな知り合いらしく、大声を出していて賑やかだ。そこに押し込まれるような形になって、「怖い」と思ってしまい、胸の鼓動が早まる。

ドキドキして、倒れて緊急搬送されたときのことを思い出す。

あのときも、救急車を呼ばれる前に、バスに乗っていた。

いや、それよりも、人が多く混んでいて賑わっている空間に、恐怖を感じた。

おそらく、コロナのこともあると思う。若い人たちはマスクをしているけれど、楽しげに喋っていて、うつされたらどうしようとも考えた。

私は心臓をやられ、「新型コロナウイルス感染症、重症化リスク」のある人だ。

だからか、「死ぬ」恐怖で心臓がバクバクして、息苦しい。コロナどころか、風邪だって引いたら重症化すると言われているのだ。

こんなところで具合が悪くなってはいけない、もう二度と入院なんてしたくない、やっと退院できたばかりなのに……と、必死に深呼吸をする。

バスの乗車時間は、二十分ほどのはずだが、もっと長く感じられた。


怖い。とにかく、人が多いのが、混んでいるのが、怖い。たくさん人がいて、大声で話をしている空間が怖い。


前から、人混みは嫌いで、土日はなるべく動きたくなかった。

コロナ感染が広がる前まで、春や秋は京都は観光客だらけで、バスに乗ろうとしても積み残しされたり、なんとか乗車してもぎゅうぎゅう詰めで息苦しいし、しんどかった。

しかし感染者が増え、人が少なくなり、そういう機会も減ってはいた。

人混みに揉まれるというのは、久しぶりの経験だったが、「死」の恐怖がこみあげてきて心臓が苦しくなった。

バスを降りて、しばらくバス停のベンチに座り、心臓のドキドキが治まるのを待っていた。

憂鬱な気分だった。

こんな状態で、これから先、生きていけるのだろうか。

それでもなんとかプールに入り、休憩をはさみ四十分ほど水中ウォーキングをした。水の中であるせいか、体力が落ちている私でも動きやすく、そう疲れもしなくて安心した。

帰りのバスは、人が少なかったので、行きのような症状に襲われることもなかった。

そして行きのバスでの私の状態は、パニック障害の症状のようだなとも考えていた。私自身は診断されたことはないけれど、身近なところに患者がいる。

もしかして**新たな病気を背負い込んでしまったのかと考える**と、ますますこれから生きていけるのかと不安になった。

「人混みへの恐怖」は、このあとも続いた。現在進行形だ。

幸いにもフリーランスの仕事だから、平日を休みにできるし、人の多いところにも行かないように調整はできる。ただ、また観光客が戻ってくる京都は、以前のように人だらけになり、住みづらくなるだろう。

もともと滅多に足を運ぶこともなかったが、混んでるライブやイベント会場とかも、やはり怖くて避けてしまう。狭くて混みあっている飲食店も、なるべく行きたくない。

満員電車はやむをえず乗ることがあるが、都会の電車の場合、すぐ次の駅で停まるので、いざとなったら降りて逃げられるという安心感のせいか、そこまでつらくない。

もしかしたら、プールに行く際、あんなに恐怖を感じたのは、ただ混んでいるだけではなく、乗客たちが喋って賑やかだったからかもしれないとは思う。

以前から、人が多いところ、賑やかなところ、混雑してるところは苦手だったが、「死の恐怖」が伴うようになってしまい、これからもなるべく避けて生きていくしかない。

いっそ、田舎に引っ越すか、地元に戻るかとも考えたけれど、不便なところには住みたくないので、今のところはそのまま京都に住み続けたい。

ただ、退院して一週間経ったこの頃から、だいぶめまいはマシになった。家事をしてめまいを起こし、そのまま倒れ込んでしばらく休むことはなくなった。

近所のスーパーに買い物に行くのも、しんどさは消えた。

退院した直後は、体力なさ過ぎて、もう社会復帰できないんじゃないかと心配していたが、ちょっとずつだけど回復している手ごたえは感じていた。

自分の体の機嫌は
自分でとって生きていく。

生きていくのにはお金がかかる

退院して十日が過ぎた。

今日は退院して初めての検査の日なので、病院に向かった。

一階の会計窓口の近くにある機械に診察券を入れて、自動受付を済ます。

そして移動して、血液検査、尿検査、レントゲンだ。さすが大きな病院で、無駄がなく検査もそんな待たされることもなく、動きやすかった。

診療時間になって呼ばれて、十日ぶりに主治医に会う。今、どんな状態かを聞かれ答え、検査結果を見せてもらいながら、「経過は良好で、問題ないですね」と言われ、ホッとする。

また一ヶ月後に診察の予約をとり、処方箋をもらって会計を済ませた。

会計窓口のフロアには人が溢れていたけれど、導線がスムーズで、ここもあまり待つこともなく、機械で支払いをした。そして近くの薬局で、薬をもらった。

検査も診察も、経過が良好なこともあり、ストレスなく終わった。

しかし……金がかかるな、と改めて思う。診察よりも、薬だ。何種類もの薬を処方されているので、結構な金額だ。

やっぱり病気はお金が出ていく。お金を使わないためにも、健康なほうがいい。

しばらく仕事を休んでしまったので、そのぶんのマイナスもある。フリーランスなので、何も保証はないのが、こういうときに痛い。

正直言って、昔ほど仕事はないし、刊行する本の部数だって年々減ってきており、再来年に食えているかもわからないから、常に「文章の仕事がなくなったらどうしよう」と考えている状況だ。

今までは、「バスガイドの仕事に戻ればいいか」なんてちょっと思っていたけれど、コロナ禍で観光業界が大打撃を受けたのと、今回の入院で体力を失い、もう無理ができない身体となってしまって、ますます将来の不安が大きくなっている。

お金のためにも、健康でいたい。

健康を目指す。

病気というのは、本人がどれだけ気をつけて努力したって、どうにもならないことがあるというのは、わかっている。

けれど、できる努力はすべてするつもりだ。

お金使いたくないから!

ちょうどお昼過ぎにすべて終わったので、少し歩いてランチをやっているお店に入って、ご飯を食べた。

ただ病院に行くだけなら気が滅入るから、事前に、美味しそうなランチのお店を調べていた。

美味しいものでも食べないと、やってられない。

これからも、一ヶ月に一回は、通院することになるのだから。

病気は時間も金も喰って、よいことなんてない。せめて楽しみが欲しい。

診察から三日ののち、退院後初めて、繁華街に出た。

それまで病院と近所しか出歩いていなかった。

外出の目的は、映画館で映画を観るためだ。どうしてもスクリーンで観たい映画があった。

映画の内容そのものは、いろいろ微妙ではあったが、「映画館に映画を観に行ける」という喜びを噛みしめていた。入院して、退院しても体力がなくて、いろいろ諦めなければいけなかったから、なおさら幸せを感じる。

映画鑑賞後、近くでランチを食べた。せっかくの繁華街なので、少しぶらぶらして家に帰る。やはりまだ体力がないので、そんな長時間、外で動き回ることはできないが、家でじっとしているより、少し歩いたほうが精神的にも肉体的にも楽だなと思った。

映画を観て、ランチを食べて、街を歩く。入院前は、当たり前にできることだった時間の過ごし方に、ありがたみを感じていた。

人混みは怖いし、疲れたくはないけれど、少しずつ、外に出ていくことにした。


病気になるにもお金がいる。

健康になるにもお金がいる。

生きているだけでお金はいる。

怖いものがどんどん増える

退院から一ヶ月が経過し、六月下旬になった。

もう初夏だ。

相変わらず、近所のスーパーぐらいにしか外出はしていないが、だいぶ体力は回復したので、ウォーキングなどもはじめていた。とはいえ、まだまだ不安はある。

この時期、二泊三日で、東京に行った。目的は、新刊の共著のトークイベントだ。無観客、配信のみのイベントで、気は楽だった。人がたくさんいるところは、まだちょっと怖い。

東京まで行って、三日間過ごすことには不安はあったから、とにかくしんどくならないように、疲れることをしないようにとは決めていた。

だいたいいつも、東京に行くと、あれもこれもとスケジュールを詰め込んで疲れてしまう。「東京に来たら一緒に飲みましょう」と言ってくる人もいるけれど、仕事の打ち合わせ、取材、資料集め、合間に趣味のストリップ鑑賞をしてたら、いっぱいいっぱいだ。コロナ禍で、人と飲む機会がなくなり、打ち合わせもほぼZoomになって、ホッとしたぐらいだ。

東京で具合が悪くなって、そのまま入院にでもなれば、またいろいろめんどくさい。倒れないようにしないといけない。

一日目は移動だけで、夜はホテルでゆっくりして、二日目は朝から共著者と担当編集者と待ち合わせして、YouTubeの撮影をした。担当編集者が、私の体調に配慮して、車を出してくれたのがすごく助かった。そんなたいした距離の移動ではなくても、電車の乗り換えで駅の構内を移動するだけでも、わりと体力を消耗する。東京は特に人が多いから人混みの中を歩くのも、まだちょっと怖かった。

撮影を終えて、三人で美味しい中華料理を食べ、私はいったんホテルに戻って、小休止する。

夕方になり、徒歩でトークイベントの会場である書店に行った。トークする場所は、書店併設のカフェだ。

時間になったので、カメラの前で、共著者と本について喋る。どれだけの人が聞いてくれているかはわからないが、今の自分にとっては、目の前にお客さんがいないというのは、精神的に楽だった。

トークが終わって、また中華料理屋で食事をする。私はウーロン茶だ。

主治医には「してはいけないことはないし、お酒もほどほどなら飲んでいいですよ」とは言われていたが、なんとなく、まだお酒を飲む気にはならなかった。

共著者と編集者と別れてホテルに帰り、翌日は別の出版社の編集者たちと軽くランチをして、京都に帰った。

三日間、京都を離れ、人と会って移動をしても、しんどくならなかったので、安堵した。

気をつけてさえいれば、いいのだ。

薬を忘れずちゃんと飲み、無理せずに動き、何より睡眠時間はしっかりと確保する。

退院した直後は、「もう二度と、普通に生活できないんじゃないか」と、落ち込んでいたが、二泊三日の東京滞在がしんどくならなかったおかげで、希望が見えてきた。

とはいえ、気を抜いてはいけない。

私はまだまだ病人なのだから。

人混みが嫌いになったのか
人が嫌いになったのか。

筋肉があればなんでもできる

退院して、一ヶ月ちょい。

六月下旬。

二泊三日の東京滞在から帰ってきてまもなく、私は再び新幹線に乗っていた。

今度は九州方面へ向かう新幹線だ。行先は、福岡県北九州市小倉。

小倉には、九州最後のストリップ劇場、「A級小倉」がある。

ストリップは、ここ四年ほどの私の趣味で、ストリップを題材にした小説も書いていた。

実は五月に入院した日の翌日も、京都のストリップ劇場に行くつもりだったのだ。しかし入院し、退院してしばらく経っても体力が戻らず、それどころじゃなくなっていた。

しかし、心に潤いを持たないと、元気が出ない。

ストリップ鑑賞そのものは、六月半ばに、地元京都の劇場で、復活していた。

ただ、遠征となると、やはり多少心配はあったが、どうしても観たいメンバーだったので、行くことを決めた。

小倉のステージには、私が四年前に、ストリップを観るきっかけとなった、若林美保さんが舞っていた。彼女は今は他の活動が忙しく、ストリップ劇場で観られる機会が少なくなっていて、貴重な時間だ。

そして少し前に、東京上野で観て衝撃を受けた、海乃雪妃さんという、昭和のエロスを再現した確固たる世界を表現する踊り子さんも。

小倉という街そのものも、好きだ。最初に行ったのは、それこそ四年前のこの時期、その際も若林美保さんを観るためだった。駅のすぐ近くに、猥雑な匂いが残る一角があり、そこにストリップ劇場が紛れ込むように存在する。

電車の乗り換えがもともと嫌いだし、今は体力もないので、A級小倉は新幹線の駅から近いのが、ものすごくありがたかった。

そして何より、食べ物が美味しい。

小倉に来ると、いつもひとりで食事をするのが楽しみだった。

もっとも今回は、病気をしたあとで、食事制限を続けているので、以前のようになんでも食べるというわけにはいかないけれど。

平日のA級小倉劇場は、ほどほどに席は埋まっていた。

コロナの感染対策は、ここの劇場は本当にきちんとしていて、安心できる。重症化リスクを背負ってしまってから、人混みが嫌いというより、怖くなった私にとっては、重要なポイントだ。

数時間鑑賞して、踊り子さんたちの舞いを堪能し、夕方近くになって劇場をあとにする。

九州に来てストリップを鑑賞できるまで、体力が回復して、よかった。

身体に栄養を与えないと死んでしまうように、心にも栄養補給をしなければ、心が死ぬ。だから、こういった趣味は必要なのだ。

ストリップは、衣装や舞いも楽しめるが、何より鍛えられた女性の裸が美しい。

そう、**鍛えられた裸**。

今回、小倉のステージに上がっていた踊り子さんたちは、みんな筋肉がすごかった。まるで筋肉大会だ。

もともと踊り子さんは、さまざまなポーズをつけたり、天井から布でぶらさがったりするので、みんな筋肉がすごい。スリムでスタイルよくても、筋肉すごい。ぽっちゃりめの人でも、筋肉すごい。

私は男性のマッチョには興味は全くないけれど、ストリップで女性の筋肉を観ると、「尊い」と今までも感心していた。

筋肉すごい、筋肉。

女は筋肉だ。

筋肉さえつければ、なんでもできる。

今回、小倉のステージを観て、自分も筋肉をつけようと、心に決めた。

もともと「運動はしたほうがいい」と、主治医には言われていた。

病気を治し、あらゆる数値を下げ健康になるために、退院して体力が少し戻ってからは、プールに行き、ウォーキングもしていた。

体育の成績はずっと悪く、マラソン大会はサボり、大学に入ってからも水泳の授業が嫌で窓から逃亡したこともある。何度も運動をはじめようとチャレンジしてきたけれど、必ず挫折してきた、筋金入りの運動嫌いだ。

しかし、今は、切羽詰まっている。

だって病気になってしまったんだもの。

筋肉だ、筋肉、筋肉をつけるぞ!

と、小倉から帰って、私は「筋肉」とひたすら唱え、プロテインを購入し、筋トレをはじめた。

あと、やっぱり、体力が欲しかった。

近年、体力がないなぁと思うことが増えたけれど、加齢だから仕方がないと諦めていた。鍛えてない、運動していないから、なおさら衰えも早かったはずだ。このままでは、生きのびても身体が動かなくなってしまう。

生きるために必要なのは、体力だ。

体力をつけねば。

それには運動するしかなかった。

ストリップを見始めてわかったのだが、踊り子さんには若い人もいれば、私と同世代の人が、結構いる。私より年上の人も、ちらほらいる。

でも、みんな、ものすごく動ける。

尋常じゃないほど、動くし、飛ぶ。

裸になるから、隠しようがない。贅肉も垂れた尻も、見られてしまう。

でも、堂々と裸で舞う彼女たちは、素晴らしくカッコいい。

生命力が溢れていて、あれを見ていると、「もう歳なんだから」と言ってられない。

そんなわけで、私は五十一歳にして、体力をつけるために身体を鍛え始めた。

問題は続くかどうかだ……今まで挫折しかしてこなかったから！

女は筋肉。
筋肉だ、筋肉、
筋肉をつけるぞ。

あれから一年が経ち……

二〇二二年五月に緊急搬送して入院し、退院してから一年と少し、過ぎた。

現在、二〇二三年、秋、五十二歳になった。

再発率が高いと聞いていたので、おそるおそる過ごしていたが、なんとか再入院することなく、暮らしている。

退院時に「まだ動きが鈍い」と言われた心臓だが、半年後の診察で、「通常の動きをしています」と言われた。

入院中に七キロ体重が減ったことは前述したが、その後、さらに十キロ落とした。食生活の改善と、運動によるものだ。今まで運動をはじめても、三日坊主で続かなかったのが、さすがに命がかかっているので現在も継続中だ。

おかげで、あらゆる数値は改善され、糖尿病のための血糖値を下げる薬も、半年後には不要になり、血圧を下げるための降圧剤も減らされた。

一年後の診察では、「ここに運び込まれた際は、死にかけてたけど、今はすべての数値が正常値です。よかったね」と言われて、ガッツポーズをしそうになった。

ただ、入院の原因が、おそらく血圧の急激な上昇によるものだから、「薬を必ず飲むように。

食事と運動に気をつけて、血圧はちゃんと測るように」と言われている。

その通り、私は毎朝晩血圧を測り、体重や体脂肪も記録している。

退院後は一ヶ月に一度、循環器科と内科の診察を受けていたが、順調に回復しているので、今は二ヶ月に一度の病院通いだ。


食事も試行錯誤の末に、気をつけながら好きなものを食べているし、傍《はた》から見たら、健康そのものに見えるだろう。

実際、入院する前より、ずっと身体は楽になった。薬のおかげもあるだろうが、健康的な食生活と運動の効果は大きい。何より、たっぷり睡眠をとり、なるべくストレスを避けて暮らしている。

運動は筋トレと有酸素運動だが、もともと身体を動かすことが嫌いな人間なので、めんどくさくて何度も投げ出しそうにはなったが、「死にたくないから」と、続けている。

ただ、冬場は新型コロナウイルスの感染者が多いのもあったし、血圧が上がりがちで、精神的に参ってはいた。

「死の恐怖」は、未だにある。

けれど一年を経て、少しは軽くなった気はする。

それでもときどき、ふと入院したときのことを思い出して、胸が苦しくなる。街中で救急車を見るだけで、ぎゅっと胸が締め付けられる。

これから老いていくだけなので、病や死の恐怖からは逃れられない。

ずっとこれから先もこんなんかなとは思うが、まあそれはしゃあない。

そう、「**しゃあない**」のだ。

再発して、今度こそ死んでも。

コロナやインフルにかかって重症化しても。

人はどんなに「死にたくない、生きたい」と思っても、死が容赦ないのは、もう「しゃあない」。

でもだからといって、達観してるわけでも、覚悟ができているわけでもない。入院中から、自分の死後について考えたり書き残したりしなければいけないとか思っていたはずだけど、日々に追われて、何もできていない。

けれど、やはり世界は変わってしまったのだとは、退院して半年経った今でも痛感している。

不安は消えないし、ときどき生きるのがめんどくさい。そして「死」はやっぱり怖い。

そして病を抱えてから、社会は基本的に健康な人たち仕様にできているのだと痛感している。

そうじゃない者は、自分自身も他人も「**配慮**」**が必要**で、そこらへんが厄介だ。

現時点で、こんなに不安で憂鬱なので、早死にするのは嫌だけど、年を取って生きていくのもめんどくさいなと、ずっと考えている。本当に、めんどくさい。

けれど倒れる前の、今思えば能天気すぎる状態には戻りたくもない。「死」を突き付けられて、私はだいぶ気をつけて生きるようになった。身体もだが、心もだ。どちらも病まないように必死だ。「普通に生きる」ことが、こんなに大変だと、今まで知らなかった。

生きてるだけで、もうけもんだ。死なないためには、自分を大事にしないといけない。ただそれだけのことすら、病気になるまで、わからなかった。


この一年だけでも、いろんなことがあった。

自分が病気になってから、自分だけでなく、他人や周りの人の不調や死にも敏感になった。私自身が闘病記をｗｅｂで連載したのもあって、自分と同世代、年下の人たちの病気の話も、たくさん耳にした。四十代を過ぎて、病気ひとつなく不調もなく元気に暮らしているのは、奇跡じゃないのかと思えるぐらい、たくさん聞いた。知人が自死や病気で亡くなりもした。

身体だけじゃない、心の病の話は、それ以上に聞く。

昔の私のように、自覚はあれど不調を放置していたり、自分の身体を痛めつけるような生活をしている人も、少なくない。

病気になったり、死んでからじゃ遅いんですよと、言いたくなるが、自分だとて倒れるまで、こんなにも死や病が身近だとわかっていなかった。

残念ながら、人は若返りはしないので、あとは老いて病んで死を待つだけの人生だ。

だからこそ、「どう生きるか」ということを、常に考えるようになった。

今さら無理して何かを頑張ろうとは、思わない。

平穏に、楽しく幸せに暮らしたい。

ただ、それだけだ。

けれど生きるためには生活費を稼がないといけないし、人づきあいも避けられないし、嫌なことや悲しいことはどうしても起こる。

生きるって、大変だなと思う。

ときどきすべてめんどくさくなって、放棄したくなることもあるが、「死」を目の当たりにして、やっぱり「まだ死にたくない」と思ってもいる。

いつか必ず訪れる「死」の準備をしながら、どう生きていくか。

考えはするけれど、できることは、一日一日を、自分の心身を守ることだけだ。それだけで、精一杯の状態だ。

死なないように、生きる。いつ死んでも悔いのないように、会いたい人にだけ会って、会いたくない人にはなるべく会わず、なるべく幸せな死を迎えられるように。

大変な想いをしたけれど、今は、一年前に倒れてよかったと思っている。

あの時、倒れなければ私は不調を我慢して放置したまま、そう遠くない未来に突然死していたのは間違いない。
自分を大切にしないと、人はわりと簡単に死んでしまうということが、やっとわかった。

死はいつか必ず、誰にも訪れる。それだけは確かだ。
だから死んでもしゃあない。
でも、生きててよかった！

この作品は、幻冬舎Plusにて連載（二〇二一年七月～十二月）した「51歳緊急入院の乱」を
加筆修正、再編集し、改題したものです。

花房観音（はなぶさかんのん）
1971年兵庫県生まれ。京都女子大学文学部中退後、映画会社や旅行会社などでの勤務を経て、2010年に「花祀り」で団鬼六賞大賞を受賞しデビュー。京女たちの生と性を描いた『女の庭』、ノンフィクション『京都に女王と呼ばれた作家がいた　山村美紗とふたりの男』などが話題となる。他の著書に、『偽りの森』『情人』『どうしてあんな女に私が』『色仏』『うかれ女島』『果ての海』『ヘイケイ日記　女たちのカウントダウン』など多数。2022年5月に心不全で入院したのをきっかけに、2023年10月に生活習慣病予防アドバイザーの資格を習得。

シニカケ日記

二〇二三年十一月二十日　第一刷発行

著者　花房観音
発行人　見城徹
編集人　森下康樹
編集者　宮城晶子
発行所　株式会社幻冬舎
〒一五一-〇〇五一東京都渋谷区千駄ヶ谷四-九-七
電話　〇三-五四一一-六二一一（編集）
〇三-五四一一-六二二二（営業）
公式HP　https://www.gentosha.co.jp/

印刷・製本所　株式会社光邦

検印廃止

万一、落丁乱丁のある場合は送料小社負担でお取替致します。小社宛にお送り下さい。本書の一部あるいは全部を無断で複写複製することは、法律で認められた場合を除き、著作権の侵害となります。定価はカバーに表示してあります。

©KANNON HANABUSA,GENTOSHA 2023
Printed in Japan　ISBN978-4-344-04200-1 C0095

この本に関するご意見・ご感想は、
下記アンケートフォームからお寄せください。
https://www.gentosha.co.jp/e/